아무튼, 스릴러

아무튼, 스릴러

이다혜

코난북스

차례

스릴러란 무엇인가

스릴러란 무엇인가. 스릴러는 널리 쓰이는 장르 구분 중 하나다. 그러나 그것이 무엇이냐고 물으면 딱 떨어지는 답을 찾기란 쉽지 않다. 그래서 '아무튼' 시리즈로 '스릴러'에 대해 써달라는 말을 듣고 처음 한 생각은 '위험하다'였다. 범죄소설이나 미스터리에 대해 쓰는 편이 더 '안전하지' 않을까? 의심할 여지 없이 스릴러라고 부를 수 있는 소설이 있을까? 줄리언 시먼스는 『블러디 머더』에서 "대부분의 비평가들은 추리소설이야말로 중추적인 주제이고, 다른 범죄소설이나 스릴러는 그 변형일 뿐이라고 본다"라고 말했다. '변형'된 형태로서의 추리물을 독자적인 형태로 온전히 정의할 방법은 무엇일까.

장르란 무엇인가는 스포츠를 떠올리면 이해가 쉽다. 여기에는 특정한 룰이 있고, 그 룰에 맞춰 경기가 벌어진다. 장르에서는 창작자와 독자가 게임에 참전한다. 그런데 장르와 스포츠 사이에는 큰 차이가 있다. 그것은 바로, 장르에서는 변칙이 얼마든 허용된다는 사실이다. 장르의 틀 안에서 일어나는 변칙은 숙련된 장르물 애호가들이 경험하는 큰 즐거움이다. 이야기에 총이 등장했다면 그 총은 발사되어야 한다. 이것이 규칙이다. 그리고 모두의 관심을 총으로 쏠리게 한 뒤 누군가 뽑아든 칼이 당신의 등을 찌른다. 변칙은 이렇게 장르의 매력으로 작용한다.

　　고전 미스터리가 규칙에 더 들어맞는 정통파의 플레이를 보여준다면 스릴러 쪽은 변칙이 더 환영받는다. 때로는 퍼즐을 다 맞춰도 퍼즐 조각이 남거나 빈 공간이 남아 있는 상황이 벌어진다. 범인 찾기가 가장 중요한 것 아니었나? 아닐 수 있다.

　　구글에서 thriller를 검색하면 마이클 잭슨의 곡이 먼저 한 페이지를 가득 채우는 상황에서, 스릴러를 정확하게 규정하고 그 테두리 안의 작품을 정확하게 정의하고서 글을 쓸 수 있을까. 결론부터 말하자면, 그런 일은 불가능하고 나도 억지로 시도할 생각은 없다. 다만, 그 경계의 모호함을 비롯한 수많은 이야기들이, 오늘날 가장 사랑받는 이야기의 형식에 대한 많은 것을 들려주리라.

　　스릴러가 무엇인지 규정 짓기는 쉽지 않은 일이지만 어떤 것을 보고 스릴러라고 말하기는 쉬운 편이다. 현재 발행되고 상영되는 많은 작품은 자신 있게 '스릴러'라는 딱지를 붙이고 유통된다. 작품이 구성되는 형식이나 소재보다는 어떤 '정황'이 스릴러를 스릴러로 만든다.

　　서스펜스와 밀접한 연관이 있어 서스펜스물과

는 종종 혼용되며, 반전이 있는 경우가 많고, 대체로 사건 진행 속도가 빠르다. 고전적인 느낌이 없을수록 어떤 작품이 스릴러로 불릴 가능성은 높아진다.

예를 들어보자. 현대물이라도 대저택에서 집사가 등장해 열두 명의 손님에게 정찬을 대접하는 상황에서 수수께끼의 집주인에 대한 미스터리를 풀기 시작했다면 그 작품은 스릴러로 분류될 가능성이 낮아진다.

살인을 비롯한 미스터리가 그들의 말 속에만 존재하고 약간의 유머가 깃들었고 실제 사건이 벌어지지 않는다면 이 작품은 코지 미스터리 혹은 일상 미스터리로 분류될 가능성이 높다(『수수께끼 풀이는 저녁식사 후에』, 히가시가와 도쿠야, 『흑거미 클럽』, 아이작 아시모프).

하나씩 사라졌던 손님이 시체로 발견되고, 그때마다 손님 수와 일치하게 놓여 있던 인형들도 사라지기 시작했다면 본격 미스터리일 가능성이 높다(『그리고 아무도 없었다』, 애거사 크리스티).

막판에 지하의 던전이 열리고 거기서 모든 괴물이 쏟아져 나온다면 말할 것도 없이 장르는 미스터리의 영역에서 공포의 영역으로 옮아가리라(〈캐빈 인 더 우즈〉, 연출 드루 고다드).

스릴러라면 같은 환경에서 어떤 식으로 이야기를 진행시킬까. 영화감독 앨프리드 히치콕의 서스펜스에 대한 유명한 정의를 두고 상상해보자. 서스펜스의 거장 히치콕은 서프라이즈와 서스펜스의 차이를 '탁자 밑의 폭탄'이라는 뛰어난 비유로 설명했다. 열두 명이 정찬 테이블에 둘러앉아 있다. 갑자기 폭탄이 터진다. 아무런 정보가 없던 사람들은 깜짝 놀라게 된다. 이것은 서프라이즈.

"이제, 서스펜스 상황으로 가보자. 폭탄은 테이블 아래에 있고, 사람들은 그 사실을 알고 있다. 어쩌면 사전에 어느 무정부주의자가 폭탄을 그곳에 설치하는 장면을 봤을 수도 있다. 관객은 폭탄이 한 시에 터질 것을 알고 있고, 벽에는 장식용 시계가 걸려 있다. 관객은 이제 한 시 15분 전이 되었음을 볼 수 있다." 등장인물은 모르는 정보를 관객들은 알고 있다. 관객은 화면 속 등장인물을 향해 외치고 싶어진다. '그런 사소한 수다나 떨고 있지 말라고! 그 아래에 폭탄이 있고, 곧 터질 거야!'

스릴러는 히치콕이 설명한 서스펜스와 서프라이즈를 둘 다 적극적으로 사용한다. 실제로 작품 속에 '폭탄'이 많이 등장하기도 하지만, 스릴러에서 서프라이즈라는 요소는 공포물에서와는 또 다른 방식으로, 즉 '반전'이라는 장치로 애용된다.

갑자기 폭탄이 터지는 것처럼 범인이 밝혀진다. 고전 미스터리나 탐정물도 그렇지 않으냐고? 스릴러에서 범인은 탐정에 의해 '지목'당하는 식으로만 밝혀지지 않는다. 때로는 연쇄살인범이 잡힌 이후에도 더 사건이 남아 '최후의 반전'으로 이어지기도 한다. 고전 미스터리에서는 폭탄이 한 개면 충분했다. 스릴러라고 불리는 장르의 특징은 폭탄이 많을수록 좋다는 것이다. 그중에는 불발탄이 섞여 있어도 좋다!

앞에서 스릴러를 정의하기는 쉽지 않지만 어떤 작품을 보고 스릴러라고 말하기는 쉽다고 했다. '알렉스 크로스', '우먼스 머더 클럽' 같은 스릴러 시리즈로 유명한 소설가 제임스 패터슨은 『스릴러』라는 제목으로 스릴러 단편선을 엮으며 문제의 장르에 대해 이런 말을 했다.

스릴러 작품은 속도감 있는 전개로 유명한데, 속도감 넘치는 그 힘에 독자는 눈을 잠시도 떼지 못하고 책에 빠져든다. 그것은 마치 과감한 희생을 치르고 나서 목표를 성취하는 장애물 경주와 같은 것이다.

이어지는 설명에 따르면 스릴러 작품의 목적은 여럿이다. 작품 초반에 등장한 살인사건을 해결하는 것에 그치지 않고 배우자나 오래전에 잃어버린 친척을 구하는 것일 수도 있고, 세계전쟁을 막는 것일 수도 있다. 예를 들어 스티그 라르손의 '밀레니엄' 시리즈 첫 권『여자를 증오한 남자들』의 사건은 해마다 같은 날짜에 배달되는 압화를 보낸 이가 누구며, 왜 그것을 보내는지 알아내는 것으로 '시작'한다. 폭탄이 터져도 터져도 끝이 나지 않으며 첫 권의 사건이 마무리되고 나면 시리즈 다음 책에서는 또 다른 폭탄이 기다리고 있다. 스티그 라르손은 시리즈를 마무리하지 못하고 세상을 떠나 전 세계를 욕구 불만에 빠뜨렸다.

어쨌거나 제임스 패터슨의 설명은 이어진다(이쯤에서 눈밝은 독자라면 눈치챘겠지만, 정말로 스릴러를 간략하게 '이것'이라고 정의하기란 장르로 분류되는 소설을 여럿 쓴 작가에게도 결코 쉬운 일이 아니다). 스릴러 작품은 시간의 제한을 받을 수도 그렇지 않을 수도 있으며, 카타르시스를 일으키는 격정적인 클라이맥스를 향해 가거나 처음부터 절정에 올라 그 상태를 유지하기도 한다. 범인의 시점으로 진행되는 이야기 역시 숱하게 많으며, 범인 찾기를 넘어서서

'악'이란 무엇인가를 탐구하는 것 역시 스릴러의 중요한 특징 중 하나가 된다. 그리고 패터슨은 이런 말을 덧붙인다.

치밀한 연구 조사와 정확한 세부 묘사로
최선을 다해 만든 스릴러 작품들은 독자가
의미 있는 인물들을 통해 세상에 눈을 뜨도록
도와준다.

내가 스릴러를 좋아하는 이유는 바로 그것이다. 스릴러는 다른 수많은 창작물과 마찬가지로 '세상'에 대한 이야기를 담고 있다. 그중에서도 특히 감춰진 것, 세상을 움직이는 욕망, 혐오, 가장된 교양, 편견을 탐구하고 드러내 보여준다. 『미스틱 리버』, '켄지&제나로' 시리즈 등을 쓴 작가 데니스 루헤인은 『살인자들의 섬』 출간 직후 가진 인터뷰에서 말했다.

사회의 현실을 소설적으로 파고들면 그 끝에
범죄소설이 있다. 진심으로 그렇게 믿고 있다.
미국의 급소에 대해 쓰고 싶다면, 아무도 보고
싶어 하지 않는 미국의 다른 얼굴에 대해 쓰고
싶다면, 범죄소설에 관심을 갖게 되어 있다.

스릴러는 범죄소설이 가진 엔터테인먼트적인 재미를 극대화해 때로 공포를, 때로 쾌감을, 때로 후련함을 안긴다. 그리고 끊임없이 우리를 둘러싼 세상에 대해서, 우리 자신에 대해서 말한다.

그 과정에서 스릴러는 다른 수많은 장르와 이종교배를 시도한다. 스릴러를 단선적으로 정리하기 어려운 것은 이 때문이다. 장편 스릴러 한 편은 대체로 가족 이야기를 담는 드라마와 멜로라는 그릇, 사건을 묘사하는 순간의 공포라는 그릇, 주인공의 모험과 관련된 에로티시즘이라는 그릇 등이 빼곡하게 놓인 '한상차림' 같은 형태로 완성된다. 스릴러인 동시에 성장물이거나 로맨스물이거나 멜로물이거나 한 이야기는 무수히 많다. 그 과정에서 누군가는 죽고 누군가는 다치며 누군가는 세상을 얻는다. 어떤 비밀은 세상에 모두 밝혀지는 것은 아니지만, 걱정 마시라. 독자 여러분께는 알려드릴 테니(찡긋).

공포소설은 도시괴담과, 스릴러는 음모론과 한 배에서 난 생명체라고 오랫동안 믿어왔다.[*] 스릴러

---

[*] 공포는 일상적인 공간에서, 보통 사람들에게 일어나게 설정된다. 아파트 엘리베이터, 여행지의 유스호스텔, 시골

는 시스템에 대한 이야기를 적극적으로 다루는 경우가 많다. 표면 아래에서 꿈틀거리는 이야기들, 평온해 보이는 소도시 사람들이 숨기는 이야기들. 이제부터 스릴러가 어떻게 이 온갖 요소를 이야기로 빚어 우리를 즐겁게 하는지 본격적으로 살펴보자.

아, 그전에 내가 어떻게 이 장르에 코가 꿰었는지부터.

초입 주유소 같은 곳에 있는 평범한 사람이 주인공이다. 머리를 감을 때 두려움을 느낀다면 그 공포물은 성공한 것이다.

스릴러는 대체로 어떤 분야의 전문가가 특별한 상황에 놓이는 내용을 다룬다. 기호학자가 루브르에서 죽은 사람에게 얽힌 미스터리를 풀거나, 군인·특수요원·형사·변호사·검사가 폭탄을 발견하거나, 기억을 잃거나, 음모에 빠지면서 시작되는 식이다. 종종 결말은 '결국 보도되는 진상과 다른' 진짜 영웅이 뒤에 있었음을 알린다. 진짜 세계를 움직이는 힘끼리 격돌하지만 우리는 충분히 진상을 알 수 없다. 지상파 뉴스보다 정치 팟캐스트가 인기를 끄는 현실과 어쩐지 닮아 있다.

하지만 스릴러 장르도 변화를 거쳐 공포물처럼 평범한 사람들을 주인공으로, 일상 풍경을 무대로 삼기 시작했다. 이 책에서도 그런 작품들에 대한 이야기를 '스릴 대신 따뜻함을 혹은 불쾌함을' 그리고 '그때 그 새끼를 죽였어야 했는데' 편에서 다룬다.

나를 파괴하러 온 나의 구원자

―나의 스릴러 입문

돈과 시간을 차력하듯 퍼부어 만들어낸 취향은 나를 구원하는가 파괴하는가, 이 문제로 나는 고민이 아주 많다.

내가 자주 드는 예는 한국 프로야구다. 2008년에, 미국발 금융위기의 여파로 당시 다니던 직장이 문을 닫게 되었을 때, 나는 손발 잘 맞기로는 전무후무했던 동료와 불투명한 미래를 고민하며 매일 야구장에 갔다. 출근을 해도 일이 없었고, 퇴근을 해도 놀 여력이 없었다. 그저 매일 잠실야구장 외야에서 (그때만 해도 평일 경기 외야는 한갓졌다) 맥주를 하염없이 마셨다. 동료는 두산베어스 팬이고 나는 엘지트윈스 팬이니 둘 중 한 사람은 응원팀 경기를 볼 수 있는 셈이었다. 가끔 두산베어스와 엘지트윈스의 경기도 있었다. 대체로 엘지트윈스가 졌지만.

회사 문제가 지지부진하고 미래가 도통 투명해질 여지가 없는 상태로 엘지트윈스의 시즌 마지막 경기 날이 되었다. 자고로 시즌 마지막 경기가 끝나면 홈팀 선수들이 나와서 팬을 향해 인사를 하고, 응원단에서도 팬이벤트를 준비한다. 엘지트윈스가 최하위로 시즌을 마무리한 그날도 나는 동료와 함께 외야에 앉았고, 선수들이 '내년엔 꼭 잘할게요'라는 요지의 현수막을 들고 나와 인사하는 동안 쌍욕을 하다가, 응원단석 쪽에서 벌어지는 이벤트를 보게 되었다. 시즌권을 사서 한 경기도 빠지지 않고 본 팬들이 있다며 이들에게 선물을 증정한다고. 나는 웃고 말았다. 아무리 우리 팀이지만 뜬공을 못 잡고 흘려서 실점하는 이런 경기를 전부 봤단 말인가? 아마도 전 경기를 관람한 팬이 몇 명은 있었던 듯한데 내 기억에 남은 분은 어느 중년 남성이었다.

그분 말은 이런 내용이었다. '건강 문제로 1년간 휴직을 하게 됐다. 그 시간 동안 뭘 하면 보람 있을까 고민하다가, 내가 좋아하는 엘지트윈스 경기를 하나도 빼놓지 말고 보면 어떨까 생각하게 되었다.' 그 말을 들은 사람들이 내뱉은 탄식이 잠실구장 잔디 위를 부유하던 순간을 잊을 수가 없다. '없던 병도 생길 플레이를 했어 저놈들이.' '세상에, 이놈들아 똑바로 해라.' 부디 쾌유해 직장에 복귀하셨기를.

살다 보면 수시로 찾아오는 환란의 날에 마음 둘 취미가 있는 것은 좋은 일이다. 꼴찌 팀 경기를 빼놓지 않고 보기라 할지라도. 나는 프로야구, 음악, 영화, 소설, 여행이라는 취미를 가졌고, 요즘은 야구를 거의 못 보지만(내가 봐서 지는 줄 알았더니 안 봐도 지더라) 다른 네 가지는 우선순위 없이 전부 나의 시간과 돈을 도둑질하는 취미들이다. 문제는 취미 따라가느라 늘 돈도 시간도 부족해져버렸다는 사실.

나의 취미는 나를 구했는가 망하게 만들었는가. 그런, 나를 구원했는지 파괴했는지 모를 취미 중 하나가 소설, 그중에서도 스릴러 소설 읽기다. 그리고 원래 망한 인생에 대해서는 할 말이 많은 법이다.

지금 와 돌아보면 한국 사회와 시대가 만든 분위기의 영향이 있었음은 분명하다. 내가 초·중·고등학생 때는 한국 사회에서 민주화를 요구하는 시위가 거셌다. 87년 이후로도 분위기가 극적으로 반전되지는 않았다. 한국에서 커트라인이 가장 높은 대학 근처의 중학교를 다닌 나는 그 대학에 다니는 하숙생들이 만든 유인물을 접할 수 있었고, 어느 날 갑자기 사라진 하숙생 등의 이야기를 듣곤 했다. 대학생 언니나 오빠를 둔 친구들은 학생운동에 관여되었다는 이유로 일찌감치 도·감청의 공포를 알았다.

대학 갈 생각이 없는 언니 오빠를 둔 친구들은 종종 오토바이 사고로 죽은 친구 이야기를 들려주었다. 그 아이들은 환각제로 부탄가스나 본드를 흡입했고 그로 인한 큰 사고가 드물지 않게 보도되었다. 나는 그런 사고를 뉴스보다 먼저, 내밀하게 들을 수 있는 환경에서 성장했다. 그래 봤자 그들의 일원이 아닌 내가 접한 사건들은 일부에 불과했으리라.

관악산은 뒷산이었으므로 자주 오르내렸는데 (학교 소풍이나 주말의 가족 나들이로 가장 애용된 장소였다), 요즘 식으로 말하면 일진이었던 중학교 2학년 때 짝은 밤의 산에서 벌어지는 일들을 나에게 들려주곤 했다. 가정폭력 등을 이유로 가출한, 갈 곳 없는 여자아이들이 의지하는 '오빠들'과의 관계. 성범죄가 벌어지는 산으로 들어가던 아이들. 어느 산에나 방공호가 흔했고 나도 종종 숨어들어 가 놀기도 했던 그 안에는 언제나 음습한 이야기가 고여 있었다. 방공호 안에 숨었다가 빠져나오지 못하는 상상은 꿈으로도 찾아오곤 했다. 언젠가는 거기에 두고 온 사건들에 대해서도 쓸 날이 오겠지.

국기 하강식 시간이면 구청을 보고 멈춰 섰고, 민방위훈련은 강도 높게 진행되었고, 반공 표어, 반공 포스터, 삐라가 널려 있었다. 나는 반공 포스터를 그려 꽤 높은 상을 탄 적도 있다. 그 시기의 포스터는 공포를 과장해 그리면 좋은 평가를 받았다. 전쟁나는 상상, 그러니까 전쟁이 나면 가족들이 어디서 모여야 할지를 구체적으로 상상하는 일도 그때는 드물지 않았다.

국가폭력의 시대에는 전쟁을 상상하기가 어렵

지 않았고, 개인의 폭력에 대해서는 아무도 말하려 들지 않았다.

그런 분위기 속에서 범죄물의 세계에 들어섰다. 입문은 전 세계 수많은 (범죄)소설 애호가들이 그렇듯 나 역시 (어린이용) 셜록 홈즈였고, 추리퀴즈집이었다. 나는 돈이 생기면 추리퀴즈가 담긴 책들을 사서 풀곤 했다. 그 책들을 읽으면 두뇌 개발이 된다는 게 당시 추리소설, 추리퀴즈집 홍보 문구였지만, 나는 대체로 답을 맞히지 못했고(문: 도망친 범인의 발자국이 눈밭 한복판에서 사라졌습니다. 어디로도 도망간 흔적이 보이지 않습니다. 어떻게 된 일일까요? 답: 기구를 타고 하늘로 날아갔다), 읽으면 읽을수록 나의 두뇌는 언제 개발되는지 심각하게 회의하지 않을 수 없었다. 왜 나는 추리소설을 많이 읽었는데도 똑똑해지지 않았을까?

추리소설이 지능 개발에 좋다는 것은 이를테면 거대한 농담으로, 부모들이 근심하지 않고 자녀들 손에 추리소설을 쥐어줄 수 있는 그럴듯한 핑계가 되어주었다고 나는 믿고 있다. 지능 개발에 도움이 된다 한들, 사람을 죽이고 감쪽같이 사라질 방법을 창의적으로 상상해 높은 지능을 자랑해봐야 그 지식으로 사이코패스밖에 더 되겠는가 말이다.

애거사 크리스티를 처음 접한 것은 안방에 있는 아버지 책장에서였다. 『그리고 아무도 없었다』를 한자 병기된 세로쓰기로 처음 읽었는데, 어린이용 축약본 셜록 홈즈와 추리퀴즈만 알던 내게는 그야말로 '어른의 세계'였다. 불쾌할 정도로 오싹하고, 결말은 뜻밖의 전개. 중독되는 일은 막을 수 없었다. 용돈은 적었고 책 말고도 사고 싶은 물건은 많았고 해문출판사의 애거사 크리스티 전집은 초등학생 때부터 고등학생 때까지 사도 사도 끝이 없었다.

웰컴 투 어른의 세계

90년대에는 클래식 미스터리보다는 스릴러가 더 대중적으로 인기를 끌어, 나는 '진짜 어른의 소설'로 진입했다. 누군가 내게 추리소설과 구분되는 스릴러의 특징이 무엇이냐 묻는다면 나는 '섹스'라고 말하리라. 고전 미스터리 속 탐정들은 굳이 섹스에 대해 말하지 않았다. 치정으로 저질러진 살인은 있었어도, 어떤 섹스가 이루어졌는지를 말하지는 않았다. 탐정도 여간해서는 극중에서 섹스를 하지 않는다. 스릴러에서는 탐정 역할을 하는 주인공이 성적인 매력으로 의뢰인, 목격자, 심지어 용의자까지도 침대로 끌어들이는 일이 드물지 않고, 남자 작가가 자기 자신을 이입해서 만들어낸 듯한 남자 경찰이나 남자 기자, 남자 의사 등은 여자 마그넷이 되어 바지를 벗고 또 벗는 일이 스릴러 장르에서는 드물지 않다. 스릴러의 시체들 또한 다른 경우보다 적나라하게 벗겨지고 묘사된다.

십대 시절 가장 빠져 있던 작가는 시드니 셀던이었고, 마이클 크라이튼이었으며, 존 그리샴이었고, 로빈 쿡이었다. 시드니 셀던은 여성을 주인공으로 한 로맨스(치정) 스릴러에 능했고, 마이클 크라이튼은 새로운 과학기술을 이용한 과학 테크노 계열, 존 그리샴은 법정 스릴러의 귀재였으며, 로빈 쿡은 메디컬 스릴러의 스타였다.

책대여점이 성황이던 시대, 나는 저 작가들의 책을 찾아 동네 모든 책대여점에 이름을 등록했고, 단 한 권도 빼놓지 않고 읽었으며, 몇 권은 아예 사다가 집에 두고 읽고 또 읽었고, 시드니 셀던에는 너무 심각하게 빠져 있어 나중에 원서로 다시 읽기도 했다.

시드니 셀던이 바로, 나에게 스릴러와 섹스의 근친관계를 알려준 작가였다. 시드니 셀던은 여성을 주인공으로 한 복수 이야기를 많이 썼다. 그녀들의 해피엔딩에는 늘 돈과 남자가 있었다. 내가 가장 좋아한 작품은 1985년작 『내일이 오면』이다(한국에서는 원미경 주연의 드라마로 만들어지기도 했고, 매돌린 스미스 오스본과 톰 베린저 주연의 미국 드라마로도 만들어졌다).

주인공 트레이시는 누명을 쓰고 감옥에 간다. 탈옥을 하려던 그녀는 우여곡절 끝에 특별사면을 받아 출소하고, 복수를 시작한다. 지금으로 치면 전과자인 여주인공에, 남주인공인 제프로 말하자면 그역시 건달로 돈 많은 여자와 결혼했던 사람이다.

나는 이 복수담의 해피엔딩을 진심으로 사랑했다. 『깊은 밤 깊은 곳에』『게임의 여왕』『천사의 분노』『신들의 풍차』같은 제목들을 보면 통속성을 전면에 내세운 인기몰이를 했음을 보다 쉽게 알 수 있으리라. 한국 막장 드라마의 시조새인 〈아내의 유혹〉 스타일의 작품들이 시드니 셀던의 장기였다.

이런 책을 쓸 수 있다면 열심히 공부해서 법대에 가면 어떨까 생각하게 만든 존 그리샴과 그의 『타임 투 킬』『펠리컨 프리프』『의뢰인』도 빼놓고 말할 수 없다. 잠깐 첨언하자면 The Firm이라는 소설은, 그때만 해도 '로펌'이라는 말 자체가 한국에 낯설었으므로 기기묘묘한 한국판 제목을 갖게 된다. 소설은 『그래서 그들은 바다로 갔다』라는 제목으로, 영화는 〈야망의 함정〉이라는 제목으로 소개되었다. 존 그리샴도 여자 주인공이 사건을 해결하는 작품을 잘 썼는데 〈펠리컨 브리프〉 영화에는 줄리아 로버츠가, 〈의뢰인〉 영화에는 수잔 서랜든이, 〈타임 투 킬〉 영화에는 샌드라 불럭이 출연했다.

　마이클 크라이튼의 경우, 『쥬라기 공원』은 재미도 재미였지만 그 안에 등장하는 카오스 이론이나 나비효과 같은 이야기를 이해하기 위해 이해도 못하는 과학 책을 끼고 산 기억이 있다. 그게 바로 마이클 크라이튼의 힘. 크라이튼의 소설은 테크노 스릴러라고 불리지만 새로운 과학적 발견을 크게 '뻥튀기'해 쓰는 경향이 있다는 비판도 없지 않아, 지구온난화가 음모론이라고 해석을 해버린 『공포의 제국』 같은 말년의 책은 비판받았다.

　90년대부터는 영상물의 힘을 빼놓을 수 없을 텐데, 지금 언급한 인기 작가들의 주요작은 전부 영화로 만들어졌고 대체로 사랑받았다. 원미경 주연의 드라마로 〈내일이 오면〉이 만들어졌듯 해외 작품을 각색해 드라마화하는 경우가 꽤 있었고, 고전 미스터리 중에서는 『Y의 비극』이 1994년 SBS에서 한국

판으로 각색해 방송되었고 KBS에서는 1987년 『그리고 아무도 없었다』를 한국판으로 각색해 방송했다. 이 두 작품 모두 당시에는 눈물이 날 정도로 재미있었는데, 돌이켜보면 특수분장이…. *

　90년대에는 펜팔 인연도 있었다. 그리고 그때 처음으로 '내가 파는 장르'의 다른 얼굴을 보았다. 영어를 배우면서부터 나는 펜팔을 하기 위해 온갖 노력을 쏟았고, 중학교 고등학교 때 몇 친구와 편지를 주고받았다. 캐나다 뉴브런즈윅에 살던 펜팔 친구는 내가 미스터리를 좋아한다고 하자 '낸시 드루'

---

* 1994년은 『Y의 비극』의 해이기도 했지만, 그 외에도 사건이 많은 해였다. 일단 기록적으로 무더운 해였다. 나는 고등학교 2학년으로 여름 내내 학교에서 자율학습을 해야 했는데, 교실에 에어컨은 당연히 없었고 선풍기가 두 대 있어, 선생님들이 더워서 수업 대신 자율학습을 하자고 한 여름이었다. 이해에는 이우혁의 『퇴마록』이 출간되었고, 드라마 〈서울의 달〉이 방영되었으며, 애니메이션 〈라이온 킹〉이 개봉했고, 박경리의 『토지』가 완간되었다. 엘지트윈스는 이른바 신바람 야구와 신인들(유지현, 김재현, 서용빈)의 대활약에 힘입어 수많은 소녀소년을 야구 팬으로 끌어모아 미래의 비극의 토대를 다졌다. 성수대교 붕괴 사고, 충주호 유람선 화재 사고, 지존파 사건 역시 94년의 일이었다. 서강대 총장인 박홍 신부에 의한 주사파 파동도 이해에 있었다.

시리즈 책을 보내주었다. 한국어로 나오지 않은 책은 영어로 읽으면 된다는 생각을 그때 하게 되었다.

　인터넷을 쓰는 시대에는 상상도 할 수 없지만, 여튼 그때는 「굿모닝 팝스」 같은 잡지의 말미에 펜팔을 하자거나 취미 관련해서 정보나 물건을 교환하자는 글이 실렸다. 나는 "추리소설 좋아하시는 분들 책 교환해서 읽어요" 같은 글을, 겁도 없이 집 주소 다 적어서 올린 적이 있다.

　그리고 대체 어떤 맥락이었는지는 기억나지 않지만, 집으로 도착한 '교환해요'라는 책 중에는 성애소설로 유명한 도미시마 다케오의 소설을 포함해 폭력적인 섹스가 등장하는 일본 소설이 몇 권 있었다. 강간당하고 죽은 딸의 복수를 위해 적의 아내와 딸을 강간하는 내용의 스릴러. 추리소설에 관한 동상이몽이었던 셈이다.

　일단 읽기는 다 읽었다. 야한 소설이라면 언제든 환영입니다. 문제는 '이게 야한가'라는 데 있었다. 섹스는 야하다고 생각했다. 그런데 강간은 어떤가? 강간이 섹스인가? 강간이 흥분되는가? 강간살해가 벌어지는데 그 이유가 복수라면 속이 후련한가?

　아마 그때 내게 책을 보낸 사람들도 황당했으리라. 나는 애거사 크리스티 소설을 보냈으니까.

스릴러는 풍토병과 닮았다

1992년의 휴거 소동은 휴거일로 지정된 10월 28일 다미선교회 앞에서 중계가 벌어질 정도였다. 지하철에서는 악마의 숫자 666과 관련된 휴거 전단지를 나눠주는 사람들을 흔하게 볼 수 있었다(영화 〈오멘〉을 본 사람이라면 자기 두피에 혹시 666이라는 숫자가 새겨진 게 아닐까 떨어본 적 있으리라… 나만 떨었나?)

그때 많이 나온 이야기 중에는 바코드가 악마들의 표식이라는 주장도 있었다. 나는 범죄물을 좋아하기만 한 게 아니라 겁이 많았으므로, 당시 고등학교 목사님을 찾아가 휴거가 진짜 오면 어떻게 해야 하는지 상담을 한 적도 있다. 목사님은 얼마나 황당했을까. 하지만 나는 진심이었고, 모르긴 해도 상담한 겁쟁이가 나 하나뿐은 아니었으리라. 그렇게 믿고 있다. 비록 지금까지 단 한 명도 그 정도로 겁을 먹었었다는 사람을 본 적은 없지만.

내가 휴거 소동과는 멀리 있었음에도 그 정도 영향을 받았다는 사실에서 알 수 있겠지만, 어려서 읽은 『저주받은 보석』을 비롯한 '으스스한 이야기들'은 이 시기에 오컬트에 대한 관심으로도 이어졌다. 세상에서 혼자 똑똑한 줄 아는 평범한 십대 아이가 다 그렇듯, 나 역시 외계인과 고대문명에 대한 관심에 큰 시간을 쏟았다. 외계인이 만든 지구의 고대문명(인간이 피라미드를 만들었다고 여전히 믿고 계신 건 아니겠지요 독자 여러분), 금은보화가 어딘가에 있음이 분명한 잉카 유적지 마추픽추, 저주받은 보석, 불사의 악당 라스푸틴과 저주받은 숫자 666 그리고 인류 멸망이 나의 관심사였다.

미국 드라마로는 〈X파일〉과 〈트윈픽스〉가 이런 인간을 형성하는 데 큰 영향을 끼쳤고, 후일 교고쿠 나츠히코의 '교고쿠도' 시리즈에 빠져드는 데도 한몫했다. 끝까지 오컬트로 끝나서는 충분히 재미가 없을뿐더러 미스터리보다는 공포물에 가까워진다. 내가 관심 있는 쪽은 오컬트처럼 생겼지만 사실은 인간의 악의가 만들어낸 사건, 논리적인 해결이 가능한 이야기다.

당시 한국 사회의 분위기에서는 언제나 흉흉한 이야기가 많았다. 누가 집을 나갔다는 말은 인신매매일 수도 있었고, 가출 이후 본드를 하거나 오토바이를 타다 죽었다는 이야기로 맺어질 수도 있었고, 휴거를 위해 합숙에 들어갔다는 소문으로 이어지기도 했다. '개구리 소년 사건'이 1991년이었고, 그 즈음 화성 연쇄살인 사건도 있었음을 떠올려보시라. 인터넷이 있기 전이었고, 많은 소문이 입에서 입으로 전해졌다. 도시전설도 힘을 발휘해 홍콩할매 이야기에 공포에 질린 학생들을 달래는 것도 일이었지만, 인신매매는 도시전설 수준을 넘어 학교를 마치고 귀가하는 학생들(나는 여고를 다녔다)에게 혼자 다니지 말라는 통신문을 돌릴 정도였다.

흉흉한 이야기, 도시전설을 넘어 실제로 일어나는 사건사고가 많으니 당연히 〈PD수첩〉〈그것이 알고 싶다〉 같은 프로그램을 나는 언제나 보고 있었다. 대학에 진학한 뒤로는 「한겨레21」과 「시사저널」을 항상 끼고 살았다. 이때부터 실제 사건을 담은 논픽션을 접하는 데 열심이었고, 소설과 현실의 차이가 이때부터 내 관심을 끌었다. 특히 90년대 후반의 「시사저널」을 나는 굉장히 좋아했고, 결국 사건사고를 말하려면 사회 구조를 말하게 된다는 사실을 배웠다. 이른바 '사회파' 작품들이 재미있다는 사실을 천천히 배우는 중이었다. 하지만 이때까지만 해도 한국에 번역되는 해외 장르소설은 제한적이어서, 어떤 작품이 있는지 알기라도 하려면 일단 어디든 동호회나 클럽(천리안이나 하이텔의 그 수많던 방과 싸

이월드의 클럽)에 소속되어야 했는데, 나는 그보다는 르포 기사와 시사고발 프로그램을 더 선호했다. 그런 애호는 지금까지 이어지고 있다.

스릴러는 풍토병과 닮았다. 그곳의 사회문화적 풍토가 특정 방식의 사건을 만들고 사건 보도를 만들고 반응을 만든다. 그리고 그런 알 만한 사건을 연상시키는 많은 소설이 태어난다. 여기까지 내가 성장한 한국 사회의 분위기를 길게 적은 이유는 그래서다.

스릴러 소설을 읽어가다 보면 한 사회의 고민이 보이기도 하고 무의식이 보이기도 한다. 작가 요네스뵈와 인터뷰했을 때 노르웨이에 이런 범죄가 많으냐고 물었더니 그가 웃으며 답하기를, 살인사건 보도를 볼 일이 거의 없다고 했다. 강력범죄가 거의 없다고.

그의 말이 범죄소설을 즐기는 심리의 일부를 설명해준다고 생각한다. 내가 피해를 입은 범죄를 장르로 소비하기란 쉽지 않다. 범죄 피해 유가족이면서 스릴러 소설 작가가 된 제임스 엘로이 같은 경우도 있지만, 범죄물을 즐기는 나 같은 사람의 심리란 대체로 안전에 대한 믿음으로부터 기인한다. 내가 읽는 것이 나를 위협하지 않는다는 신뢰가 없다면 읽기 어렵다.

그렇기 때문에 '구경꾼'으로서 타인의 불행을 소비하는 심리가 여기 없는가 묻게 된다. 범죄물의 팬은 범죄를 소비하는가, 범죄의 해결을 소비하는가? 일상 미스터리 같은, 잔인함과 거리를 둔 듯 보이는 서브장르에서조차 '못된' 심리를 전시하는 일을 종종 본다. 사건에 휘말려 우왕좌왕하는 사람들을 쳐다보고 판단하는 일, 타인을 의심하고 자신의 명석함을 확인하고 즐거워하는 일의 속성이 그렇다. 타인을 이리저리 재 판단하고 싶어 하는 마음 역시, 이 장르의 독자의 마음속에 존재한다. 사건의 피해자와 가해자로 의심받는 사람들에 대한 온갖 정보가 작품 속에 나열되기 때문이다. 의심할 만한 그 사람의 말과 행동, 생각 들이.

범죄물의 여러 갈래 중 어떤 서브장르가 가장 좋으냐고 묻는다면 답하기 어렵다. 첫 시작이자 늘 돌아가게 되는, 모처럼 느긋한 마음이 드는 저녁에 와인이나 위스키(소주, 맥주, 소맥 안 됨)를 한 잔 따라놓고 읽게 되는 쪽은 고전 미스터리다. 셜록 홈즈를 사랑하고, 애거사 크리스티의 작품들을, 매그레

경감을, 형사 마르틴 베크를 사랑한다. 분량이 길지 않고(중요), 사건은 하나에서 둘 정도이며, 구성이 단순하면서도 유머가 있다. 필요 이상으로 진을 빼지 않고도 사건은 완전한 닫힌 원을 그리며 마무리된다.

스릴러는 최근 가장 많이 읽고 있고, 여행 갈 때 비행기나 공항, 터미널에서 가장 손쉽게 읽는다. 피곤할 때 읽는 일이 꽤 많은데, 정신을 위한 자극적인 이야기다.

특정한 때를 가리지 않고 신간이 나올 때마다 놓치지 않으려고 애쓰는 쪽은 논픽션이다. 소설은 만든 이야기이고 재미를 목적으로 쓰이는 장르에 속하기 때문에, 패턴을 반복하는 경향이 있다. 그 패턴을 사랑하므로 그 장르의 팬이 되었지만 태양 아래 새로운 것은 없고 그중 상당수를 이미 봐버린 인간이 갖는 피로감이 있다.

논픽션은 대체로 유명한 사건에 대해 쓰이고, 알고 있다고 생각했던 사건의 복잡한 면을 드러낸다. 무엇보다 소설보다 직접적으로, 그 사회에 대해 말한다. 우리가 바꿔나가야 할 현실에 대해서.

베이비, 세 권만 참고 읽어봐

—스릴러의 끓는점

"네,『다빈치 코드』를 읽는 잘못을 저지르고 말았네요."

-움베르토 에코,
『작가란 무엇인가』와의 인터뷰 중

『반지의 제왕』이 그렇게 지루하다고 누가 말해 줬다면 좋았을걸. 피터 잭슨의 〈반지의 제왕〉 3부작이 개봉되기 전에, 나는 외지에서 읽은 재미있다는 풍문에 그야말로 '판타지'를 가지고 책을 읽기 시작했다. 그런데 세상에. 전공 인문서 읽기도 그렇게 힘들진 않았다. 대체 어디서부터 재미있어진다는 걸까? 한번 책장을 덮고 나면 대출해 온 세 권의 압도적인 위용(전공서적 세 권에 맞먹는 스트레스와 분량)에 질려, '혹시나 이번에는' 하는 마음으로 책을 다시 펴기까지 한두 달은 쉽게 흘러갔다. 그러고 나면? 처음부터 다시. 그다음 진도가 안 나가기는 매한가지였다.

"이 책 언제 재밌어져?" 주변 사람들에게 물어봐도 당시『반지의 제왕』을 읽은 사람은 기독교인이 아니면서 성경을 완독한 사람만큼 찾기 힘들어 "그러게 누가 읽으래?" 하는 답변 이상을 기대하기가 힘들었다.

그렇게 들었다 났다 1권을 다 읽는 데 1년이 걸렸다. 나머지 두 권을 읽는 데는? 이틀이 걸렸다. 그렇게 안 읽히던 책이, 1권의 4분의 3쯤 되니 슬슬 탄력이 붙기 시작했다. 그러고 나자 2, 3권은 너무 재밌어서 잠도 자지 않고 밥도 먹지 않고 내리 읽어내려가지 않을 도리가 없었다. 나중에 친구들에게 『반지의 제왕』을 추천할 때 수십 번 반복한 말은 딱 한 가지였다.

"1권만 다 읽어."

1권만 읽으면 누구라도 2, 3권을 마저 읽지 않고는 배길 수 없을 게 분명한 책이니까.

내게 판타지라는 장르의 벽은 늘 그 '끓는점'이 너무 높다는 데 있었다. 판타지라는 장르의 특성상 그 세계를 받아들이고 숙지하는 데 시간이 걸린다. '지금, 이곳'이 아니라 '지금, 이곳 너머'를 무대로 하고 있으니 일단 거대한 개념에서부터 꼼꼼한 디테일에 이르기까지 설정을 먼저 깔아야 한다. 세 권은 기본이고 다섯 권 이상 이어지는 시리즈가 많다. 그러니 300~500페이지는 읽고 나야 끓기 시작하는데, 500페이지까지 끓이다 보면 언제 끓여서 언제 먹고 포만감을 누리나 하는 생각에 벌써 지친다.

책장을 열면 바로 끓기 시작하는 스릴러나(첫

장 혹은 첫 문장에서 이미 긴장이 시작된다), 남자 주인공이 나오면 끓기 시작하는 로맨스(1500페이지를 넘기는 경우가 아니면 아무리 늦어도 30페이지 이내에 남자 주인공이 나온다), 첫 '밀실살인'이 벌어지면 냅다 부글거리는 본격 미스터리(현장에 탐정이 함께 있다면 금상첨화)에 비해 판타지의 진입 장벽은 너무 높아만 보이는 것이다.

흥미롭게도, 그렇게 한번 끓고 나면 좀처럼 식지도 않는다. 이야기에 빠져들거나 2차 창작으로 이어지는 망상을 시작하는 일도 어렵지 않아진다. 한번 판타지의 세계가 머릿속에 입력되고 나면, 그곳에서 빠져나오기란 쉬운 일이 아니라는 말이다.

SF의 경우라면 하드SF인가, 다른 장르와 혼합된 SF인가에 따라 약간 차이가 있다. 스페이스오페라는 대체로 빠르게 끓기 시작하고, 하드SF는 시간이 좀 걸린다. 그렉 이건의 『쿼런틴』은 SF 팬인가 아닌가에 따라 끓는점에 대한 생각이 극과 극이다. 하드SF라 더할 텐데 '읽다 보니 그래도 다 읽게 되기는 하더라'라는 '끓는점 없음'이 SF 팬이 아닌 사람의 일반적 견해지만, '그렉 이건의 『쿼런틴』'이라는 타이틀에 고개를 끄덕이며 '으음' 하고는 계속 읽어가는 사람이라면 끓는점은 별로 중요하지 않을런지도. 『몽테크리스토 백작』의 SF적 변주인 알프레드 베스터의 『타이거! 타이거!』는 이 장르를 애호하는지 여부와 무관하게 일찍부터 끓기 시작하는 책이다. 이야기가 시작되고 책장을 한 번 넘기면 바로다.

장르별 끓는점의 차이는 그 장르의 특성과 밀접한 관계가 있다. 스릴러는 대개 첫 챕터가 채 지나지 않아 끓기 시작해 컵라면이 익는 것보다 빠르게 책에 몰입하게 된다. 첫 문단에서, 더 심한 경우는 첫 문장에서 바로 부글거린다. 할런 코벤이 베스트셀러 작가가 된 이유 중 하나는 서점에 잠깐 서서 그의 책 첫 문장을 읽고 나면 궁금해서 사게 만드는 '첫 문장의 기술'에 있을 것이다.

스콧 덩컨은 킬러의 맞은편에 앉았다.
－『단 한번의 시선』

첫 번째 총알이 가슴에 박혔을 때, 나는 내 딸을 생각했다.
－『마지막 기회』

시쳇말로 초반에 '구라'가 심한 게 스릴러의 특성인데 독자가 스릴러를 읽는 이유가 긴박함, 즉 '스릴'을 만끽하기 위해서라는 점을 생각하면 놀랄 일은 아니다.

『다빈치 코드』와 댄 브라운은 특별한 경우다. 일단 시작하자마자 끓고, 내내 끓는다. 『다빈치 코드』가 인기를 끈 이유다. 평소 소설을 안 읽는 사람일수록 손에서 놓지 못하고 재미있게 읽는다. 책을 많이 읽는 사람은? 움베르토 에코 같은 마음 상태가 된다. "네, 『다빈치 코드』를 읽는 잘못을 저지르고 말았네요." 즉 읽기 시작한 이상 끝까지 읽기는 했지만 다 읽은 뒤 어쩐지 시간이 아깝다거나, 크게 '낚인' 듯한 찝찝한 뒷맛에 괴로워한다(쓴웃음).

속도가 빠르다는 건 장점일 수도 있지만 그만큼 자극적이라는 뜻이기도 하다. 소설 전체가 눈을 현혹하는 마술 장치가 가득한 방과 같다는 말이다. 그래서 우습게도, 댄 브라운의 '로버트 랭던' 시리즈를 몇 권 읽다 보니 초반에 거창한 암시를 잔뜩 흘려놓고 맨 마지막이 되기 전까지도 계속 빵 부스러기만 흘린다는 사실을 학습해버려, 그가 아무리 안개를 피우고 폭탄을 터뜨려도 나는 이제 수도 중인 비구니처럼 평온한 마음일 수 있게 되어버렸다! 빠르게 끓는다는 것은 때로는 지독할 정도로 뻔한 관성으로 움직인다는 말일 수 있는 것이다.

고전 미스터리의 끓는점은 대개 둘 중 하나다. 살인사건이 일어나거나, 탐정이 나타나거나. 후자는 시리즈물일 경우 도드라진다. 추리소설의 법칙, 즉 '탐정이 있는 곳에 (살인)사건이 있다'는 점을 독자라면 누구나 잘 알고 있기 때문이다. 『소년탐정 김전일』의 모태가 된 긴다이치 코스케 시리즈를 읽다 보면 '탐정이 있는 곳엔 연속 밀실 살인사건이 있다'고 생각해도 큰 무리가 없을 정도니, 일단 탐정이 나오는 데까지는 두근거리며 작가가 깔아놓은 설정에 집중하게 된다. 요코미조 세이시의 『옥문도』나 『팔묘촌』은 사건이 일어나기까지 음습한 주변 정황을 묘사하는 힘이 대단해, 그 자체로 긴장을 일으킨다.

　　시리즈물이 아닌 추리물이라면 당연히 살인사건이 일어나야 비로소 끓는 소리가 들리기 시작한다. 살인사건이 일어났으니 이제 무슨 일이든 생기기 마련이다.

　　바로 눈앞에 도미가시의 머리가 보였다.
　　튀어나올 듯이 부릅뜬 회색의 눈이 허공을
　　노려보고 있었다. 얼굴은 피가 고여 검푸렀다.
　　　　－히가시노 게이고, 『용의자 X의 헌신』

참고로 이 상황 3분 뒤 시체가 벌떡 일어나 칼을 들고 덤비면 공포물일 가능성이 높다.

아야츠지 유키토의 『십각관의 살인』의 끓는점은 극중 인물들이 '고립된 섬'에 도착하는 순간일 수도, 과거의 살인에 대한 암시가 던져진 순간일 수도, 현재 시점에서 첫 살인이 일어난 순간일 수도 있다. 셋 중 어느 때라도, 책의 5분의 1이 지나기 전이니 늦는 것은 아니다. 아비코 다케마루의 『살육에 이르는 병』은 다 읽은 뒤 반전에 놀라 책 맨 첫 페이지로 돌아오면 '그제야' 첫 문장부터 새삼스레 끓기 시작하는 독특한 면이 있다.

어떤 장르건 그 장르를 사랑하는 독자라면 무슨 말을 늘어놓든 첫 장 첫 줄부터 버닝하는 일이 잦다. 장르의 규칙을 숙지하고 있어 얼마쯤 기다리면 끓기 시작할지 분명한 감이 있기 때문이다. 재미있는 사실은 '재밌는 책'이라면 끓는점 온도와도, 그 장르의 팬인지와도 관계 없이 '반드시 끓는다'는 점.

하지만 사랑하는 사람에게 끓는점이 유달리 높은 책을 선물할 땐 경고를 잊지 말자. "베이비, 이 책은 다섯 권 짜리인데 세 권째부터 재밌어. 참고 읽어봐." 그 벽을 못 넘는다 해도 원망하지 않는 것은 책을 선물하는 자가 받아들여야 할 운명이다

꼬마가 귀신을 본다 한들

—반전 강박증과 스포일러 포비아

반전 없는 추리물은 앙꼬 없는 찐빵일까? 반전을 찾아 헤매는 동안 당신이 놓쳤을지 모를 즐거움에 대하여. 결과만큼 과정이 중요하다는 말은 스포츠에만 해당되는 건 아니다.

****

반전 〔反轉〕

【명사】

1 반대 방향으로 구르거나 돎.

2 위치, 방향, 순서 따위가 반대로 됨.

3 일의 형세가 뒤바뀜.

4 추리, 스릴러, 공포물 홍보에 단골로 쓰이는 '한 방' 단어. 의외의 인물이 범인이라는 뜻을 포함하고 있다.

****

도시전설에 꼭 빨간 마스크를 쓴 여자나 홍콩 할매만 등장하는 건 아니다. 한때 한국을 풍미했던, 입에서 입으로 전해지며 공포와 경악을 불러일으켰던 도시전설 중에는 극장을 무대로 한 것이 있었다. 극장 상영관에 입장하기 위해 줄을 선 사람들 곁으로 이미 영화를 본 사람들이 우루루 몰려나오다 ㄱ

중 한 사람이 입장하려고 줄을 선 사람들에게 큰 소리로 외친다.

"절름발이가 범인이다!"

영문을 모르고 입장한 관객들은 영화가 시작되고 이내 깨닫는다. 저 절름발이가 범인이라고? 이어지는 충격과 공포. 범인을 알아버렸어! 두둥. 그렇다. 영화의 제목은 〈유주얼 서스펙트〉다.

진짜 이런 일을 겪었다는 사람은 본 적 없으나 이 이야기를 모르는 사람은 없다. '아는 사람의 아는 사람'이 겪었다는 그 죽일 놈의 스포일러. 어느 동네에서는 이야기가 이렇게 돌았다. '시내버스를 타고 가던 사람이 창문을 열고 '절름발이가 범인이다!'라고 외쳤다'고.

이야기는 몇 년 후에 다시 변주된다. 이번엔 이런 말을 외쳤다고 한다.

"브루스 윌리스가 귀신이다!"

〈식스 센스〉 때였다. 요즘 멀티플렉스의 구조, 즉 입구와 출구가 분리된 구조에서는 상상하기 힘든 일이지만 그때는 그랬다. 극장 문 앞에서 입장을 기다리면서, 전회 영화를 보고 나오는 사람들 얼굴을 보면 대략 영화의 견적(?)이 나온다. 당신이 소머즈의 귀를 지녔다면 범인은 물론 영화의 마지막 장면과 말이 안 되는 대목과 어느 배우의 연기가 가장 엉성했는지까지 미리 알 수 있었고, 멜로영화라면 주인공이 불치병에서 낫는지 끝내 죽는지 감을 잡을 수 있었다.

스포일러라는 단어는 반전 영화라는 말과 함께 널리 알려졌고 〈유주얼 서스펙트〉와 〈식스 센스〉는 반전 영화의 대명사로, "절름발이가 범인이다!"와 "브루스 윌리스가 귀신이다!"라는 말은 스포일러의 대명사로 굳어졌다.

이제 반전과 스포일러라는 말은 어디에나 등장한다. 블로그에 책 리뷰를 올리면 '무심코 읽다가 스포일러 당했어요'라는 댓글이 달리고, 영화 리뷰나 영화감독 인터뷰에는 본문이 시작되기 전에 '스포일러가 있습니다'라는 경고문이 붙는다.

네이버 지식in에는 '최고의 반전 영화'부터 '반전이 있는 멜로영화', '잔인하지 않은 반전 영화'를 추천해달라는 질문부터 '○○영화의 반전을 알려달라'는 자폭성(?) 질문까지 있다. 추리, 스릴러, 공포 장르라면 영화건 소설이건 상황은 비슷하다. 시사회 때 기자들에게 '스포일러는 꼭 숨겨달라'는 홍보사의 신신당부가 전해지기도 하고, 소설 띠지에 '최고

의 반전!' '마지막 한 문장의 반전!' '뒤통수를 후려
맞는 듯한 반전!' 하는 식의 홍보 문구가 느낌표를
여럿 동반하고 등장하기도 한다.

반전이 훌륭한 작품은 대개 반전을 터뜨리기까
지 치밀한 복선을 깔아 독자를 혼란스럽게 만든다.
그런 의미에서 반전이 있는 작품을 찾는 심리를 이
해 못할 바는 아니다. 능숙한 마술사처럼 한 손으로
손수건을 흔들며 다른 손으로는 토끼를 끄집어낸다.
진실은 눈앞에 있는데 속수무책으로 당할 수밖에.

아비코 다케마루의 『살육에 이르는 병』은 책을
읽는 내내 신경 쓰이던 잔혹한 장면들을 눈속임의
도구로 멋지게 사용했다. 최종장의 반전에 깜짝 놀
라 첫 장부터 다시 펴면 이미 모든 게 그곳에 고스란
히 드러나 있다. 오타로 보였던 것이 사실은 진실 그
대로를 적은 단서였다. 분량이 길지 않은 책이지만
곳곳에 어찌나 단서들이 많은지, 그걸 다 놓치고 막
판에 놀란 게 억울할 지경이었다.

우타노 쇼고의 『벚꽃 지는 계절에 그대를 그리
워하네』의 반전은 황당한 경우. 여동생의 친구가 요
양을 갔다는 말이 '그런' 뜻이었을 줄 누가 알았겠는
가? 범인이 뜻밖의 인물이라거나, 사건의 진상이 깜
짝 놀랄 만한 것이었다는 식의 반전이 아니니 놀라

긴 했는데 황망한 마음을 감출 길이 없었다. "진짜 그게 반전 맞아요?" 하고 묻는 사람들도 있었다.

영화 〈쏘우〉의 반전은 측은지심을 불러일으켰다. 한번 놀래켜보겠다고 옆에서 사람들이 비명을 지르고 신체 절단을 하는 동안 꼼짝 않고 '시체놀이'를 했던 범인이라니. 놀랐다기보다는 황당했던 그 깨달음의 순간 머릿속을 스친 건 얼마나 수고스러웠을까 하는 장탄식이었다.

반전으로 유명한 추리물에서 도드라지는 건 바로 서술 트릭. 애거사 크리스티가 『애크로이드 살인 사건』으로 시작해 반칙 논란의 원조가 된 서술 트릭은, 주로 1인칭의 서술 방식을 통해 문제를 풀어가면서 독자의 눈을 현혹해 마지막 반전을 이끌어낸다. '내가 네 엄마로 보이니' 식의 뒤통수를 치는 서술 방식은, 이야기의 화자가 독자로 하여금 이야기를 왜곡해 읽게 만든다.

『파이트 클럽』도 그와 비슷하다. 이를테면 거짓말쟁이 친구의 얘기를 듣다가 사실 다 뻥이었다고 결말을 맞는 식이다. 당연히 마지막 한 장면, 한 문장으로 반전이 가능하고, 놀라움은 배가된다. 공정한 게임을 위해 앞부분에 미묘한 단서를 흩뿌려놓아 다 본 뒤 처음부터 다시 보게 되는 경우도 있다. 유나히 정신이 오락가락하던 주인공이 등장한 『살인자들의 섬』(영화 제목은 〈셔터 아일랜드〉) 역시 그렇다.

　　『애크로이드 살인사건』이 처음 선보였을 때 사건을 서술하는 자가 범인이기 때문에 반칙이라는 논란이 있었다는 사실은 당연한 일이다. 예를 들면 장르의 규칙에 따라 착실하게 단서를 모아 추리해서는 〈유주얼 서스펙트〉의 진상은 결코 알아낼 수 없다. 범인이 뛰어난 트릭을 사용했다고 해서 반전이라고 부르지는 않는다. 작품 전체에 걸쳐 작가/감독이 독자/관객과 쌓아온 '신뢰'를 무너뜨리는 것이 반전이고, 특히나 서술 트릭이다. 사건에 대해 말해주는 자가 의심해야 할 자가 된다. 놀이의 도구가 신뢰라는 말은, 자칫하면 신뢰와 애정 모두를 놓치는 최악의 결과로 이어질 수 있다는 뜻이기도 하다.

　　문제는 이런 반전에 워낙 익숙해지다 보니, 반전이 있다는 말을 듣고 소설이나 영화를 보면 누가 범인일까를 고심하며 모든 등장인물을 의심하며 보게 된다는 점이다. 반전 강박증은 독자들 역시 피곤하게 만든다. 애가 범인? 쟤가 범인? 제일 믿을 만한 사람이 범인 아닐까? 언제나 주인공이 가장 믿는 상사, 친한 형 같은 사람이 범인이잖아? 언제나 가장 충직한 수하가 뒤통수를 치지. 얘는 대놓고 수상하게 구니까 절대 범인일 리가 없어. 인물 이름을 안 밝힌다면 이건 수상하지. 이게 트릭일까? 저게 단서일까?

이런 생각을 하는 동안 이야기의 감정선과는 멀리 떨어지는 부작용을 겪기도 한다. 곤도 후미에의 『얼어붙은 섬』은 범인이 누구인지도 중요하지만 처절한 멜로드라마로서의 재미가 쏠쏠하다. 의심의 눈초리를 번뜩이느라 화자의 심리를 따라가는 일을 게을리하면 마지막의 감동이 반감될 수밖에 없다.

그러니 스포일러를 알고 보면 오히려 작품의 진가를 가리는 데 도움이 된다. 반전으로 유명한 작품을 반전을 알고서 다시 볼 때 여전히(혹은 전보다 더) 재미있었는지, 아니면 재미가 완전히 떨어졌는지를 생각해보라. 반전으로 유명한 작품일수록 '다시' 볼 때, 범인을 추측하는 재미는 덜하지만 이야기의 쾌락은 사라지지 않고 더해진다. 트릭이 절묘할수록 다시 작품을 씹고 뜯고 맛보며 그 논리를 재구축하는 기쁨을 맛볼 수가 있으니.

인기 있는 트릭의 경우는 재활용되기도 한다. 시마다 소지의 『점성술 살인사건』의 '유명한 트릭'은 『소년탐정 김전일』의 한 에피소드에서 그림까지 똑같이 차용해 써버렸다. 일본 드라마 〈트릭〉에는 엘러리 퀸의 중편 「중간지점의 집」을 비롯한 다양한 추리소설의 트릭이 변주되기도 했다. 단순히 도구를 기기묘묘하게 사용해 현실에서는 불가능한 트릭을 만들지 않고, 사고방식의 전환을 통해 관념의 차원에서 작용하는 트릭이었다. 이렇게 트릭이 재활용되는 사례는 미스터리의 경우가 더 많고, 스릴러 쪽은, 어쨌거나 '믿던 놈이 발등 찍는다.'

　반전이 유명한 작품들은 반전만으로 평가 받는 불운에 처하기도 한다. '너무나 유명한 그 트릭 때문에 흥미가 반감되었다'는 후기를 심심찮게 보게 된다. 하지만 한 개의 트릭을 안다고 해서 범인과 그 동기까지 맞히지는 못한다는 사실. 고개만 들면 스포일러를 발견하는 세상, 트릭에만 집중하면 피곤해지는 건 관객 혹은 독자뿐이다. 가끔은 알아도 모른 척해야 인생이 즐겁다.

　반전이라면 반전, 반전이 아니라면 반전이 아니겠지만 반전이거나 말거나 상관 없이 반전 대목에 종종 등장하던 클리셰의 한마디를 멋지게 패러디한 경우도 있다. 코니 윌리스의 『개는 말할 것도 없고』에는 이런 대화가 등장한다.

"애거사 크리스티가 새 소설을
발표했다면서요?"

"「애크로이드 살인사건」을 말하는 거예요? 그
소설이라면…"

"결론은 이야기하지 말아요!"

"하지만 범인은 항상 집사인걸요?"

이럴 수가. 빅토리아 시대에도 스포일러 포비아
가 있었단 말인가. 그러거나 말거나 『개는 말할 것도
없고』의 범인은 정말로 집사였다. 그 책에 등장하는
수많은 사건 중 가장 집사가 엮였을 리 없어 보였던
사건의 범인이.

"집사가 범인이었다"라는 대사가 등장하는 순
간 놀라움 반 즐거움 반을 느끼게 되는 건, 빅토리
아 시대를 배경으로 한 이야기와 시간여행물의 미스
터리에 걸맞은, 그리고 추리소설의 클리셰를 멋지게
비튼 데 대한 유쾌함에 기인한다. 혹자는 그 난리법
석을 떨며 찾아 헤맨 '주교의 새 그루터기'가 이름
그대로의 물건이었다는 점이 반전이라고 할지도 모
르겠지만.

미야베 미유키의 『외딴 집』은 작가의 다른 작품
의 성향을 잘 알고 있던 독자의 눈물을 쏙 뽑는 반전

아닌 반전을 안겼다. 한 작가의 팬이 되어 여러 작품을 읽는 동안 품어도 좋다고 생각했던 기대가 배반당한다. 그럴 수밖에 없었던 이야기의 전개에 몰입하고 감동받는다. 작가의 경향성을 아는 독자가 이야기의 향방을 예측한 것이 빗나가는 경우 역시 반전처럼 충격을 안긴다는 말이다. 재난 영화에 어린아이가 나오면 그 아이는 최종 생존자가 되리라는 점을 누구나 경험으로 안다. 하지만 그 예상은 빗나가기도 하는데 이는 반전과 같은 충격이 될 수도 있지만 불쾌함이나 찝찝함만을 줄 수도 있다.

미국의 법정물 역시 '최후의 증인'을 반전의 도구로 자주 사용한다. 이 분야의 걸작은 영화 〈어퓨굿맨〉과 스콧 터로의 소설 『무죄추정』이다.

해리슨 포드 주연의 〈의혹〉이라는 걸출한 영화로도 만들어진 『무죄추정』은 하버드 로스쿨을 나와 검사로, 변호사로 일했던 스콧 터로의 이력을 살린 걸작이다. 이 작품에 대해서는 소설가 닉 혼비가 『닉 혼비 런던스타일 책읽기』라는 에세이에서 호들갑을 떤 바가 있다. 또 다른 스릴러 걸작인 『미스틱 리버』를 언급하면서 말이다.

어째서 내게 『미스틱 리버』가 『무죄추정』과
『레드 드래곤』과 어깨를 나란히 할 최고의
작품이라고 말해준 사람이 없었을까?

닉 혼비는 자기가 그런 책을 좋아하는 사람들
과 사귀지 못했기 때문이라며 아쉬워한 뒤 『무죄추
정』을 읽다가 가로등에 부딪힌 적이 있다고도 털어
놓는다.

『무죄추정』은 1987년 소설이다. 주인공 러스
티는 수석 부장검사로 일하며 검찰총장의 총애 아
래 순탄한 출셋길을 걷고 있다. 아내나 아들과의 관
계도 순탄하다. 검찰총장 연임 선거를 앞둔 어느 날,
동료 검사 캐롤린 폴헤무스가 살해되는 사건이 벌어
진다. 그녀는 러스티와 애인 관계였고, 현장에서 발
견된 유리컵에서는 그의 지문이 나온다. 피의자 신
분이 된 러스티는 한때 맞수이던 변호사 스턴과 손
을 잡고 누명을 벗기 위해 애쓴다.

『무죄추정』은 출간 당시 44주간 전미 베스트셀
러였다. 스콧 터로는 '내부자'의 강점을 십분 살려
검찰과 법원, 변호사들 사이의 알력 다툼을 끝내주
게 써냈다. 많은 장면에서 지문보다 대사가 더 많은
데, 서로 반대 입장에 선 이들의 신경전이 속내를 드

러내지 않는 대사로 오가는 장면들은 굉장히 인상적이다.

살인사건이 벌어진다. 죽은 여자는 주변의 많은 남자와 성관계를 맺었거나 맺고 있었으며, 업무 능력 또한 출중했다고 알려져 있다. 모든 이가 호감을 품고 대하던 주인공은 알고 보니 그녀와 내연관계였고, 심지어 가장 유력한 용의자다. 사건은 증인이 추가될 때마다 추이를 알 수 없게 된다(러스티의 시점에서 이야기가 진행되지만 그가 '정말' 결백한지를 믿을 수 없다는 점도 감안해야 하리라).

이 작품이 끝내주는 점은, 첫째, 법정 다툼이 진범을 가리지 '않고' 끝난다. 많은 정치드라마가 그렇듯 시시비비보다 중요한 것은 권력이 누구에게 있느냐다. 둘째, 진범을 밝히는 곳은 법정과 아주 먼 어딘가다. 아주 '이상한' 순간에 러스티도 독자도 진범을 알게 되어버린다. 그 순간의 오싹함이란! 양파 껍질처럼 몇 겹으로 사건을 구성한 소설인 셈이다. 소설 후반부에서는 몇 번이나 놀라게 된다.

영화사에 대해 처음 공부하던 90년대 중반 고등학생 시절(그래봐야 영화를 보고 책을 읽는 게 다였다) 이해할 수 없었던 것 중 하나는 〈시민케인〉과

딥포커스라는 촬영 기법이었다.

요즘 스마트폰 광고에도 등장하는 아웃포커스가 배경을 '날리는' 거라면, 딥포커스는 화면의 모든 사물에 초점을 맞춘다. 저게 뭐가 놀랍다는 거야? 위대하다고 위대하다고 떠들어대는데 이해할 수 없었다. 아니, 사람이 사물을 보는 거랑 똑같잖아. 앞의 사람도 보이고 뒤의 사람도 보이고. 사실대로 말하면 인간의 눈은 모든 걸 보지만 모든 정보를 동등하게 처리하지 않는다. 인간의 뇌가 하듯 카메라는 정보를 편집해 보여주는데, 딥포커스라는 건 그 이미지의 정보 처리력에 굉장히 큰 변화를 준 사건이었다. 즉 딥포커스가 가능하다는 건 내러티브에 변화를 줄 수 있다는 뜻이다. 암시도, 반전도 모두 가능해진다(〈시민케인〉이 반전에 사용하지는 않았지만).

결국 나는 딥포커스의 발견(?)이라는 뛰어남과 그 의미를 파악하는 데 적잖은 시간을 보내야 했다. 나는 〈시민케인〉보다 36년이나 뒤에 태어났기 때문에 내가 사는 세계에서는 일상적으로 딥포커스가 쓰이고 있었으니까. 지난 시대의 놀라운 발견을 후대인이 똑같은 강도로 경험하기는 어렵다. 마찬가지로 나는 60년대에 비틀즈를 알지 못한 일에 종종 억울함을 느낀다.

하지만 동시대에 알게 된 것도 많기는 하다. 시드니 셸던과 존 그리샴이 그랬고, 휴거 소동도 그랬고, 마돈나와 마이클 잭슨도 그랬고… 〈식스 센스〉나 〈유주얼 서스펙트〉도 그렇다. 〈식스 센스〉를 보다가 문제의 반전을 알게 된 순간의 소름 끼치는 두려움은 잊을 수 없을 것이다. 하지만 그런 걸 동시대로 겪은 나와 그렇지 않은 이들은 다르리라. 반전이 그저 시시한 설정의 하나로만 보일지도 모르겠다.

그런 의미에서, 『무죄추정』을 그 시대에 읽은 독자들이 부럽다. 매우 뛰어나고 매끈하고 자극적인 소설이다. 하지만 그 모든 게 지금 기준으로는 매력적이지 않거나 강렬하지 않다.*

---

* 전문직 작가가 쓴 소설 중에 섹스에 대해 이렇게 자세하게 구구절절 쓴 책이 또 있었던가? 이 책을 읽고 적은 2008년의 메모에는 이런 게 있었다.

"남자 작가들의 책을 읽을 때면 종종 예쁜 여자들은 헤프고 헤픈 여자는 강간당해 죽는 게 당연하다는 걸까 궁금해진다. 예쁘지 않은 여자에 대한 적의도 굉장하다. 가슴이 크고 예쁘고 똑똑한 여자가 이 남자 저 남자랑 자고 변태적인 성행위를 즐기기도 하다가 결국은 옷을 다 벗은 시체로 발견된다는 이야기가 얼마나 많은지. 그 사건에 대한 증인으로 나이 들고 못생기고 뚱뚱한 여자가 비열하게 등장하는 일은 또 얼마나 많은지. 술을 마시며 죽은 여자에 대해 이야기하는 남자들의 태도는 또 얼마나 한심한지."

어쨌거나 법정드라마가 재미있는 진짜 이유는 뜻밖에도 법정드라마는 진실을 찾는 게 목적이 아니라는 사실에 있다. 논리력 싸움이다. 진실이라 해도 궤변처럼 보일 수 있고 궤변이라 해도 진실일 수 있고 가장 견고해 보이는 주장은 거짓일 수 있다. 논리가 논리를 허물고, 세우고, 진실이 밝혀진다. 그 과정에서 사건을 엎치락뒤치락하고, 극적으로 정의가 승리한다. 배심원제를 채택한 나라에서 이러한 '극적 효과'는 배가되기 마련이다. 그러니 〈링컨 차를 타는 변호사〉를 비롯해 '미제' 법정물이 반전으로는 이름 높다. 한국의 법정물은 〈의뢰인〉처럼 미국 스타일이거나, 〈변호인〉처럼 실제 역사를 다룬 정치드라마 성격을 지닌다.

문제는 반전이 있어야 재미있다고 생각하는 사람과 스포일러를 당한 영화나 소설은 본 것이나 진배없다고 생각하는 사람이 기하급수적으로 늘기 시작했다는 데 있다(반전이 있는 멜로영화라니… 주인공들이 맞바람이라도 피우라는 말인가?) 당연히 그에 따른 부작용도 늘어갔다. 연속극의 단골 반전 소재였던 출생의 비밀은 이제 클리셰가 되어버렸고, 스릴러의 단골 반전 소재였던 '주인공이 가장 신뢰하던 사람이 범인' 역시 마찬가지 운명에 처했다.

반전에 등급을 나누고 반전의 종류를 분류하는 경우도 생겼다. '이건 3분의 1쯤에서 범인을 알겠는데.' '이건 진짜 마지막 한 방이야.' '반전으로 유명한 ××보다 이게 더 세.' '그 책하고 비슷한 방식의 반전이지.' 추리소설이나 스릴러 소설을 추천해달라는 사람들은 책 제목을 들으면 "아, 그 책 반전으로 유명하던데" 하고 대꾸하기도 한다.

놀랄 일도 아니겠으나, 드라마 장르에도 반전이 가능함이 입증되고 있다. 영화 〈안녕, 나의 소울메이트〉는 스릴러와 거리가 멀지만 반전이 있고(심지어 원작 『칠월과 안생』에도 없는 반전이!) 영화 〈헬로우 고스트〉에도 스릴러와 무관한 반전이 있다.

그러면 장르가 드라마일 때 반전의 역할은 무엇인가? 감동이다. 눈물과 콧물이 강을 이루고 바다가 된다. 그러나 반전을 통한 감동은 신중하게 연출되지 못하면 울던 관객이 극장을 나서며 희롱을 당했다는 불쾌감을 느낄 수도 있다.*

---

* 고정관념을 뒤엎는 반전을 만들 수 있다는 데 심취한 나머지 약자와 소수자를 범인으로 손쉽게 만들어서는 안 된다. 반전의 윤리라고 해야 할까.

　미국 어느 남자 대학 교수가 쓴 책에서 나는 이런 이야기를 반전과 작품의 재미가 꼭 비례하는 건 아닌데도 반전의 유무나 그 강도가 즐거움을 가르는 척도가 되는 경우도 종종 볼 수 있다. 작가 입장에서는 억울할 일이다. 놀래키자고 쓴 이야기가 아닌데 반전이 없다, 반전이 약하다는 말을 듣는다면. 인물의 현실성과 입체성, 치밀한 구조, 결말에 이르기까지의 논리에 공을 들였는데 반전인가 아닌가로 평가가 갈

읽은 적이 있다. 어떤 교수가 처음 본 젊은 여성에게 몸매가 좋다는 칭찬을 했다. 그 말을 전해들은 사람들이 남성우월주의자나 할 법한 성희롱이라고 비난했다. 하지만 짜잔~! 그 교수는 남자가 아닌 여자였습니다! 대체 이게 무슨 말인지.

교수라고 하면 바로 남자를 떠올린다는 고정관념이 이 이야기의 포인트라며, 으레 몸매에 대한 말을 남자만 할 거라는 선입견을 버리라는데, '어쩌라고'가 되고 만다.

어떤 이야기에서는 주요 등장인물인 남자에게 집착하는 여자가 문제적 인물로 보이던 상황의 반전을 '게이 남성이 문제였습니다'로 만들었다. 범죄 퀴즈를 푸는 TV쇼에서는 성전환 수술을 하고 누나의 신분을 훔쳐 살던 남자가 범인인 것이 반전이라고 했다. 성별에 따른 고정관념이 얼마나 강력한지는 이런 억지 반전들을 보면 알 수 있다.

이럴 이유가 있나. 반전으로 만들 수 있는 상상력이 고작 이런 것인가. 오로지 반전을 위해 '알고 보니 (동정이나 이해의 대상이던) 약자나 소수자가 범인'이라는 설정은 그만 봤으면 한다.

린다면. 반전으로 유명한 책일수록 리뷰에는 "반전 별거 아니라 실망했어요" 따위의 말도 꽤 눈에 띈다. 안타까운 일이다.

작가(와 출판사)에게 가장 억울할 일은 뛰어난 반전 트릭을 구사한 작품인데 한국에 소개가 늦어진 바람에 그 작품의 트릭을 응용한 다른 작품들을 먼저 본 독자들이 '식상하다'고 느끼게 되는 일이다. 시마다 소지의 『점성술 살인사건』이 대표적인 경우다. 앞서 소개했듯이 만화 『소년탐정 김전일』은 이 소설의 트릭을 대놓고 가져다 썼는데, 만화보다 한국에 늦게 소개되어 소설의 흥미가 반감되었다.

반전만으로 보면 황당한 면이 없지 않았던 『빛꽃 지는 계절에 그대를 그리워하네』는 노령화되는 사회의 단면을 날카로운 시선으로 그려냈다는 점에서 뛰어난 소설이다. 독자들이 당연하다고 생각했던 게 시대 변화에 따라 폐기 처분해야 할 고정관념임을 깨닫게 해주기 때문이다.

〈쏘우〉는 반전이 말이 되고 말고를 떠나서 공포영화로는 충분히 두려움에 떨게 해주었다. '반전 영화'가 아니라 '공포영화'라는 점을 생각하면 소명에 충실한 영화인 셈이다. 역시 어떤 반전이 있는가가 아니라 어떤 이야기를 하고 있는가가 중요하다.

반전 강박증에 필수적으로 따라붙는 스포일러 포비아도 만만찮은 두통거리다. 반전 강박증이 어디까지 갔느냐를 보여준 에피소드가 있다. 영화 〈관상〉을 리뷰하면서 "수양대군이 세조가 되기 전"이라고 줄거리를 말하자 스포일러한다고 항의가 들어왔다. 이러다 보니 해당 작품에 대한 글을 써야 하는 입장에서 곤혹스러운 경우가 많다. 스릴러 소설을 즐겨 읽는다는 한 일간지 책 담당 기자에게 "요즘 재미있는 스릴러 소설 많이 나오는데 소개 많이 해주세요"라고 했더니 돌아온 답은…

"독자들이 스포일러 누설하지 말라고 하도 그래서 줄거리 적기도 난감할 때가 많아요. 스포일러를 안 썼다고 생각했는데 리뷰 보고 스포일러 당했다는 메일도 많이 받고. 그러다 보니 스릴러 소설에 대해 리뷰를 하는 것도 쉽지만은 않아요."

그 말을 들은 좌중의 사람들은 어디까지가 스포일러인가를 두고 설전을 벌였다. 스포일러 포비아는 단순히 '브루스 윌리스가 귀신' 정도의 정보 누설만을 문제 삼는 게 아니었다. '스포일러 경고문이 있으면 리뷰를 안 읽어요'라는 말부터 '스포일러가 있을까 봐 영화나 책을 보기 전에는 절대 리뷰를 먼저 읽지 않아요', '반전이 뭐라는 걸 쓰는 것만 스포일러가 아니에요. 반전이 있다고 말하는 것 자체가 책 읽는 재미를 반감시키죠' 하는 극단적인 견해까지도 나왔다. 그도 그럴 것이 몰라야 제대로 놀라는데 '뭔가 있다'는 걸 이미 알고 읽으면 한 방을 기다리게 되는 심리가 발동하므로 놀라는 정도가 약해지기 마련이다.

특히 작가나 감독 인터뷰, 자세한 분석 글을 쓸 때는 어디까지 얘기해야 좋을지 나도 망설이게 된다. 반전이 인상적인 작품일수록 이야기의 구조를 빼놓고 말할 수 없는데, 그러면 결국 할 수 있는 이야기의 폭이 줄어들기 때문이다. 스포일러 경고문을 씨놓아도 '경고가 눈에 안 띄어 실수로 읽어버렸다'는 항의를 받곤 하니, 혼자 재미있게 읽고 말아야 하나 고민에 빠진다는 말도 아주 터무니없는 건 아닌 셈이다.

요즘 나오는 거의 모든 미스터리, 스릴러, 공포물이 반전을 보여준다는 점을 감안한다면 반전이라는 말보다 작가의 이름, 작품의 소재나 내용에 중점을 두고 골라도 놀라는 즐거움을 만끽하기에는 큰 무리가 없다. 나홍진 감독의 〈추격자〉는 반전이 없이도 충분히 재미있었고 흥행에도 성공했다. 가노 료이치의 『제물의 야회』는 서스펜스만으로 글 읽는 쾌감을 절절히 느끼게 해주었다. 재미와 완성도가 우선이고 놀라는 건 덤이다. 그래야 더 놀라고 더 즐길 수 있다.

스릴 대신 따뜻함을 혹은 불쾌함을

―코지 미스터리와 이야미스

한밤중에 초인종이 울렸다. 문구멍으로 밖을 내다보니 어두컴컴하다. 누군지는 몰라도 움직임에 반응해 불이 들어오는 모션디텍터 조명이 달린 복도에서 몸을 꼼짝 않고 있는 모양이다.

"누구세요?"

경찰이라고 한다. 자정이 넘은 시간이라 무서워서 문을 열지 않고 왜 그러느냐고 물었더니 말한다.

"최근에 앞집에 인기척이 있었나요?"

유난히 부부싸움이 심하던 앞집이 조용한 듯싶긴 했지만 오지랖 넓게 나설 정도로 앞집 사람들을 아는 것도 아니라서 잘 모르겠다고만 했다. 자려고 누우니 이상한 점이 한두 가지가 아니었다. 경찰이 신분증도 안 보여주고 어두컴컴한 데 서 있었다고? 혼자 찾아와서? 앞집에 무슨 일이 있는지 여부보다 경찰을 자처한 그 남자가 더 무서웠다. 끝내 누군지는 알아내지 못했다. 10년도 더 전의 일이다.

살다 보면 누구나, 이상한 일을 겪는다. 괴도 루팡이나 『모방범』의 연쇄살인마를 만나는 일 말고, 일상의 연장선상에 있는 시간에 벌어지는 괴이한 일들 말이다. 며칠 연속 누군가 우편물을 뜯어 본 흔적이 있다거나(엄마가 범인), PC용 카카오톡을 할 때마다 등 뒤에서 누가 쳐다보는 기운이 느껴진다거나

(상사가 범인), 집에서 알 수 없는 냄새가 난다거나 (내가 범인) 하는 것부터 정말 오싹하게 느껴지는 일들까지. 일상의 소사에 눈길을 주고 호기심을 갖는 사람이라면 일상 미스터리를 놓쳐서는 안 된다.

코지 미스터리, 일상 미스터리 모두 이런 일상의 풍경 속 보통의 사람들을 주인공으로 삼고 있다 (고 말은 하지만, 일본의 일상 미스터리에는 과하게 귀여움을 뿜는 '모에'한 주인공이 나오는 일이 적지 않으니 딱히 일상의 연장처럼 느껴지지는 않는다). 코지 미스터리와 일상 미스터리는 비슷한 듯 다른데, 일단 전자는 영미권 국가의 소설에, 후자는 일본의 소실에 쓰는 장르 구분이며, 전자는 진짜 같은 마을 사람들을 대거 등장시킨다면, 후자는 학원 로맨스 형태를 띠는 경우도 있고 때로는 일상의 느낌이 제거된, 과할 정도의 정갈함이 눈길을 끌기도 한다.

사건을 만드는 데는 마을 하나가 필요해

조앤 플루크의 '한나 스웬슨' 시리즈는 쿠키 가게를 운영하는 한나 스웬슨을 주인공으로, 평범한 사람들이 연루된 사건을 온갖 시행착오를 겪으며 서

서히 풀어가는 구성을 하고 있다. 여주인공의 어머니가 시집가라며 잔소리를 한다든지 동네 누가 부부싸움을 했다더라 하는 시시콜콜한 이야기를 읽는 맛이 이 시리즈의 매력이다. 주인공이 쿠키 가게 주인인 점을 감안해 시리즈 각 권의 제목은 『초콜릿칩 쿠키 살인사건』 『딸기 쇼트케이크 살인사건』 『블루베리 머핀 살인사건』으로 이어진다.

알렉산더 매컬 스미스의 '넘버원 여탐정 에이전시' 시리즈는 아프리카의 여성 탐정 음마 라모츠웨 이야기를 그린다. 아프리카다운 풍경에 더해 보험사기, 집안에서 반대하는 사랑에 빠진 딸 미행하기 같은 사건들을 좇는 라모츠웨의 인간적인 매력을 담아 영국과 미국에서 큰 호응을 얻었다.

'아르망 가마슈 경감' 시리즈는 읽는 데 공을 들이는 만큼 풍성한 맛이 즐거운 코지 미스터리다. 따뜻하고 감성적이고, 꽤 시시콜콜한 맛이 좋다. 사회파 미스터리의 장중한 멋이나 퍼즐 미스터리의 완벽하게 작동하는 기계를 보는 즐거움은 아닐지라도, 낯선 마을의 주민이 되어 사람들 사이에서 수수께끼를 하나씩 풀어가는 재미를 꽤 리얼하게 경험하게 해준다.

코지 미스터리는 작품 말미에 마을 사람들의

(그렇다, 대체로 한 마을이 등장한다) 생로병사나 로맨스가 따뜻하거나 씁쓸한 뒷맛을 남긴다는 특징도 있다. 스릴러에서도 마을이 등장하기는 하지만 스릴러의 마을이 여지없이 막장 드라마의 무대가 된다면 이쪽에서는, 그래도 공존은 가능할 정도로만 사고를 친다고 해야 할까.

코지 미스터리만 해도 경찰이나 형사가 등장해 사건 해결에 필요한 정보들을 던져주지만, 일상 미스터리 쪽은 고등학생부터 주부에 이르기까지 딱히 믿을 만한 정보를 가진 것처럼 보이지 않는 사람이 주인공인 경우가 훨씬 많다. 비전문가가 해결하는 일상의 사건.

내가 가장 사랑하는 일상 미스터리 소설은 『나의 미스터리한 일상』이다. 작가와 이름이 같은 와케타케 나나미라는 편집자가 2천 명도 넘는 직원을 대상으로 하는 사내보를 담당하게 된다. 오락성을 강조해달라는 이야기를 듣고 와케타케는 아는 선배에게 단편소설을 청탁하는데, 그 선배가 익명의 작가를 소개한다. 일기장을 뒤져 실제 있었던 사건을 극화하는 재능이 있는 사람이라는 게 선배의 추천 이유. 그리고 매달 그 익명의 작가가 써서 보낸 단편이 사내보 〈르네상스〉에 실린다. 약속한 1년의 연재가 끝나고, 와케타케는 익명의 작가를 만나게 된다. 그런데 그게 끝이 아니었다.

하이쿠를 비롯해 일본적인 부분을 미스터리의 장치로 활용하고 있기 때문에, 한국어로 된 책을 읽으면서 열두 편을 관통하는 커다란 미스터리의 흐름을 눈치채기는 쉬운 일이 아니다. 다만 사내보 〈르네상스〉의 목차를 꼼꼼하게 읽은, 기억력이 좋은 사람이라면 사건의 실마리를 잡을 수도 있다. 물론 그런 큰 틀에서 생각하지 않아도 한 작품씩 읽어가는 재미가 쏠쏠하다. 오싹한 느낌의 괴담부터, 오밀조밀한 암호, 미스터리보다는 일상 쪽에 더 방점이 찍힌 이야기, 일상을 거둬내고 정통 미스터리로 읽어도 좋을 이야기까지 각 이야기의 분위기도, 미스터리의 방식도 다 차이가 있다.

한 달에 한 편 발표되는 원고들은 (하이쿠가 계절을 나타내는 시어를 쓰도록 되어 있듯이) 각 계절에 맞는 이야기들이다. 4월에는 벚꽃놀이 이야기가, 6월에는 더위 속에 여름의 음식을 마련하는 장면이, 12월에는 크리스마스 케이크 사연이 나온다. 다 읽고 마지막에 반전을 맞으면 앞장을 뒤적이게 만드는 퍼즐 조각들도 꽤 정성 들여 꼼꼼하게 배치했다. 일

상의 미스터리다운 소소한 즐거움을 안기는 4월작
「벚꽃이 싫어」, 귀여운 암호 게임인 6월작 「눈 깜짝
할 새에」, 스스로 쇼핑 중독을 의심하는 친구를 미행
하는 이야기를 그린 1월작 「정월 탐정」은 그중 돋보
인다. 열두 편의 이야기를 감싸고 액자 구실을 하는
큰 이야기가 이 이야기들과 다른 분위기로 압도한다
는 점도 흥미롭다.

　　냉정하게 보면 완벽한 미스터리는 아닌데도 구
석구석 마음 가는 곳이 많다는 점은 일상 미스터리
계열의 추리소설이 갖는 일종의 특권일 수 있다. 다
읽고 나서는 오싹한 기분을 참을 수 없어 집 문단속
을 했을 정도. 이야기의 빈약함이 분명히 보였음에
도 결국 마지막에 이런 오싹한 여운을 남겼다면, 읽
고 나서 잊어버리기가 쉬울 수는 없다.

　　트위터에서 크게 화제가 되었던 온다 리쿠의
단편 「충고」(단편집 『나와 춤을』에 수록) 이야기도
빼놓을 순 없다. 윤형빈, 양세형 씨가 진행한 라디오
프로그램에 게스트로 출연해 이 작품을 소개했더니,
둘 다 눈을 반짝였던 기억이 난다. 새로운 유머라는
것. 아이고 귀엽네 웃다 보면 마지막에 서늘한 바람
을 맞게 된다. "안녕하세오 신세 만아오 주인님"이

라는 맞춤법 잔뜩 틀린 편지를 한 남자가 받는다. 편지는 그가 키우는 개가 쓴 것으로, 그의 아내가 살인 모의를 한다는 정황을 적고 있다.

"믿어주세오 믿어주세오 주인님 저는 존이에오 개 존이에오 현관 시원한 시트 자는 존이에오"

개라는 동물 특유의 충성스러움, 근심 많음을 두어 페이지에 불과한 일상 미스터리 안에 잘 녹여냈다. 그런데 이거 아시는지. 이 단편집에는 고양이가 주인에게 편지를 쓰는 작품도 하나 실려 있다. 「협력」이라는 제목으로, 개와 고양이의 차이점을 반전의 소재로 녹여내고 있다.

한국에서도 이런 장르의 작품들이 창작되고 있다. 그중 가장 사랑하는 작품이라면 박연선의 『여름, 어디선가 시체가』다. 한국적인 상황이 모퉁이에서 기다리고 있다. 웃기다가 어이없다가 울컥하다가를 반복한다. 어쩐지 K스타일.

충청남도 운산군 산내면 두왕리. 여든 살 홍간난 여사가 소리를 지른다. "해가 똥구녕을 쳐들 때까지 자빠졌구먼. 게을러터져갖고는." 스물한 살 삼수생 손녀 강무순은 갑작스레 할머니와 함께 지내게 된 상황이 영 편치 않다. 명랑소설 도입부 같은 설정이다. 박연선은 드라마 〈연애시대〉와 〈청춘시대〉의 작가이기도 하다. 『여름, 어디선가 시체가』는 읽은 사람들 사이에 화기애애한 '좋아요' 웃음이 떠돌게 하는 소설이다.

무순은 할머니의 구박에도 방구석을 벗어나지 않다가 우연히 자신이 여섯 살 때 그린 보물지도를 발견한다. 보물지도에 그린 게 뭔지 궁금해지려는 참에 할머니가 "종갓집 아녀? 종갓집은 왜 그려놨다니?"라고 한마디 던진다. 경산 유씨가 호령했던 동네. 무순은 보물지도 속 보물을 찾아나선다. 지도를 따라, 종택 홍살문 오른쪽 다리 밑을 파기 시작한 무순. 나온 깃은 이로나민골드 약상자. 그리고 그 안에 든 글자가 지워진 오각형의 배지 하나, 젖니 하나, 목각인형 하나. 애개, 이게 뭐야.

그런데 그것이 수수께끼였다. 스무 살도 한참 파야 할 정도의 깊이로 여섯 살이 상자를 파묻는다? 직접 깎아 만든 목각인형은 누구 거지? 미스터리에 골몰하는 무순 앞에 미소년(!) 창희가 등장한다. 바로 경산 유씨 충자공파 17대 종손이다. 그는 목각인형과 똑같이 생긴 소년과 자전거 그림을 보여주며 '이 집 딸 유선희'가 그렸다고 말해준다.

15년 전 무순이 할머니 집에 내려와 있던 그때,

고등학생이었던 유선희를 비롯한 소녀 네 명이 사라졌다. 누가 잡아갔다, 어디로 팔아먹었다, 자진해서 집을 나간 거다, 말이 많았다. TV에 나왔고, 무당까지 찾아갔지만(이 설정이 없었다면 한국 농촌 스릴러로서 자격이 없을 것이다) 아이들은 찾지 못했다. 할머니 이야기는 더 흥미진진하다. "그게 말여, 하마터면 그날 너도 잃어버릴 뻔했어."

선희를 비롯한 네 소녀에게는 무슨 일이 있었을까? 선희가 목각으로도 만들고 그림으로도 그린 남자아이는 누구였을까? 무순은 입양되었다는 사연을 가진 미소년 창희와 함께 '유선희와 소녀들 실종 사건'을 알아보기 시작한다.

『여름, 어디선가 시체가』는 이 이상을 상상할 수 없을 만큼 한국적이다. 할머니한테 등짝 좀 맞아봤다면, 아무개가 물에 빠져 죽을 뻔했다고 두런거리는 어르신들 이야기를 들은 적이 있다면, 왜 한국의 학교는 이렇게 언덕 꼭대기에 있을까 욕을 하며 등교해본 적이 있다면 수시로 웃게 된다. 좋은 추억이라서가 아니라 너무 낯익은 풍경이라서, 그 풍경 속 무순이 지치지도 않고 투덜대서.

두왕리 사람을 알아보는 방법에 대한 에피소드도 한국적인 상황을 잘 보여준다. 두왕리 여자들은 얼굴형을 고려하지 않은 갈매기 모양의 눈썹 문신으로 알아볼 수 있다.

장례식 때 온 아줌마들이 죄다 똑같은 눈썹을 하고 있어서 상중이라는 것도 잊은 채 하마터면 웃을 뻔했다. 눈썹 문신은 두왕리 아줌마들의 공동구매 같은 거였나 보다.

미스터리가 풀리려나 보다 싶은 순간마다 기대가 사그라드는 평범한 상황이 계속해서 이어진다. 그저 시골 마을을 휘젓고 다니는 무순의 활약이 흥미진진하다.

〈이끼〉나 〈살인의 추억〉 같은 영화들이 한국식 농촌 스릴러를 보여준 방식과 비교한다면 『여름, 어디선가 시체가』는 웃음에 방점이 찍혀 있고, 스릴러가 아닌 코지 미스터리라는 차이가 있겠다. 그리고 무엇보다도, 유승호가 나왔던 〈집으로…〉 생각이 많이 난다. 이 소설은 시골 이야기이자 추억 어딘가에 묻혀 있던 옛 동네 언니 오빠 들에 대한 이야기고, 무엇보다도 늘 이야기를 들려줄 준비가 되어 있던 할머니 이야기다.

일상 미스터리 분야에서 앞으로 활약이 기대되는 박현주의 『나의 오컬트한 일상』도 언급하고 싶다. 제목을 보고 벌써 '느낌적 느낌'이 왔겠지만 『나의 미스터리한 일상』을 패러디한 제목. 일상 미스터리임을 표방하며 오컬트를 끼얹은 것이다. 과학으로 인정받지는 않지만 산업, 문화로 존재하는 오컬트라는 재료를 여행과 연애와 미스터리와 결합했다.

스치는 모든 것을 면밀히 관찰하고 의미를 부여하거나 해석하는 일에 능한 주인공이 곳곳에서 보여주는 통찰을 함께 나눌 수 있다면 이 책에 매혹당하게 될 것이다. "나는 언제나 혼자 똑똑했고, 모두에게 바보였다." 스스로를 한 발 떨어져서 돌아볼 수 있는 사람은 믿음직하지만, 약간은 외로울지도 모른다. 그런 쓸쓸함이, '가을/겨울 편'인 2권에 이르면 더 짙어진다. 여러 문장을 메모하게 만든다는 점도 『나의 오컬트한 일상』의 특징이다.

자기가 가고 싶은 길을 썩썩하게 떠난 사람도 가끔은 두고 온 것을 돌아볼 때가 있다. 아니, 늘 마음에 둔 그리움이 있어도 계속 나아가는 삶이 있다. 그런 삶을 선택한 이들은 강한 사람들이리라. (2권, 253쪽)

어쩐지 못된 마음을 들킨 것 같은

코지 미스터리나 일상 미스터리와 다르게 현실 감각 물씬 넘치는 극악의 찜찜함을 자랑하는 '이야 미스'도 여기에 더해 이야기할까 한다.

'싫다'는 뜻의 이야다(いやだ)와 미스터리의 합성어인 이야미스는 읽고 난 뒤에 뒷맛이 그야말 로 더럽다는 점이 특징이다. 고전 미스터리들이 퍼 즐 풀이의 깔끔함과 인간 지성의 승리를 맛보게 한 다면, 이야미스는 사건이 해결되거나 전모가 밝혀진 뒤에도 음습한 기운이 가시지 않는다. 그게 특장점. 『고백』의 미나토 가나에, 『유리고코로』의 누마타 마 호카루, 『여자친구』『갱년기 소녀』의 마리 유키코가 쓰는 작품들이 이야미스로 분류된다.

여성 작가들이 특히 발군의 활약을 한다는 점 도 흥미롭다. 인간을 가장 괴롭히는 끈적하고도 음 습한, 아무리 노력해도 따뜻하고 밝은 빛 아래로 끌 어내기 불가능한 감정을 다루는 솜씨가 뛰어나다고 해야 할까. 이성으로 대처가 불가능한, 사회와 가정 의 가장 안쪽 그늘진 곳에서 자라난 원념(怨念). 극 단적인 상상이 사랑받는다는 말은 결국, 이것이 반 영하는 사회의 모습이 있다는 뜻이다.

『갱년기 소녀』는 1970년대 큰 인기를 끈 전설의 순정만화 『푸른 눈동자의 잔』의 '여전한 열성팬'들 이야기다. 40~50대 중년 여성들로 구성된 '푸른 6인회'는 팬클럽 안에서도 열렬한 팬심을 자랑한다. 2차 창작도 활발하게 이루어지고, 원작이 아닌 2차 창작 작가의 팬덤이 형성되기도 한다.

서술 방식의 어떤 특징과 본명 대신 닉네임으로 소통하는 설정 등을 보면 트릭을 간파할 수도 있다. 등장인물을 소개하면 이런 식이다. 가정폭력 피해자이면서 '푸른 6인회' 신규 멤버인 에밀리, 말 많고 잘난 척 잘하는 실비아, 모임의 리더 마그리트, 어머니와 사는 미레유, 계획에 없던 임신을 한 지젤 그리고 모임의 아이돌 같은 존재로 선망의 대상이기도 한 가브리엘.

그런데 『푸른 눈동자의 잔』의 갑작스럽고 괴상한 엔딩 때문에 일종의 저주가 깃들어 있다는 도시전설이 있다는 것이다. 소피라는 멤버가 소리 소문 없이 사라진 과거의 사건이 해결되지 않은 상황에서, 여섯 사람이 공교롭게도 살인사건 피해자가 된다. 정말 저주일까. 와중에 여성이 하는 여성혐오의 속마음을 샅샅이 보게 된다. 나름 반전이라고 할 만한, 등장인물 중 한 사람의 정체가 후반부에 밝혀지는 순간 오싹한 기분이 드는데, 여초 집단에서 권력 서열이 어떻게 이루어지는지를 경험한 사람이나 팬덤 커뮤니티에서 활동해본 사람이라면 읽고 나서 할 말 참 많게 만드는 책이기도 하다.

여성이 주축인 팬덤, 2차 창작을 동반하는 폐쇄적인 열성 팬덤 문화, 좁은 커뮤니티 안에서 생긴 서열이 권력 관계로 작동하는 원리, 중년이 된 뒤 세상의 가능성이 점점 줄어들어가는 가운데 현실에 부적응하며 좋았던 시간의 경험으로 후퇴하는 심리 등이 『갱년기 소녀』에 구체적이고 생생하게 그려진다.

몇 건의 살인사건이 벌어지는데 살인사건 대목은 언론에 보도된 것을 인용하는 식으로 전달하고, '푸른 6인회' 멤버들의 심리는 한 명씩 돌아가며 그려진다. 멤버들의 딸이나 어머니의 눈으로 그들의 행동을 지켜보는 경우도 있다. 여전히 소녀이고 싶은 마음은 푸르지만, 타인의 눈으로 바라본 그들은 무책임하거나 현실 부적응인 경우도 있다. 『갱년기 소녀』는 그런 상황에 속한 사람의 심리를 지긋지긋할 정도의 꼼꼼함으로 묘사한다.

이야미스에 카타르시스라고 부를 만한 부분이 있다면, 그 신물나는 인간 혐오를 전시하는 부분에서 느끼는, 타인을 비웃고 증오하는 마음을 펼쳐놓은 글을 읽으며 느끼는 '나쁜 만족감'일 것이다. 정치적으로 올바르지 못한 편견을 전시하는 표현들.

그런데 그런 말에 둘러싸였을 때 느껴지는 만족감이란 어떤 성질의 것이겠는지 생각해보라. 만족감을 확인하는 순간 기분은 두 배로 나빠진다. 마음속에 쓰레기가 있다고 아는 것과 그것의 생김을 확인하는 것은 다르다. 그러니 이야미스.

이야미스 계열의 인기 작가 누마타 마호카루의 『유리고코로』도 있다. 료스케는 어머니가 돌아가신 뒤 아버지마저 췌장암으로 잃을 상황에 처한다. 약혼녀는 갑자기 사라졌다. 어느 날 그는 아버지를 만나러 집에 들렀다가 아버지 대신 검은 머리털이 담긴 낡은 핸드백과 여백이 없을 만큼 빽빽한 글자로 가득한 빛바랜 노트 네 권을 발견한다. 노트에 적힌 살인의 기억 같은 수상쩍은 글도 문제지만, 사실 료스케는 어린 시절 어머니가 뒤바뀐 기억을 가지고 있다. 어머니가 바뀌었다고 말했지만 어른들 누구도 그의 말을 들어주지 않았다. 노트 속 내용과 약혼자의 행방, 어머니가 바뀐 듯한 과거의 진실 등이 마지막에 말끔하게 마무리되는데, 심지어 그 결말은 다소 감동적인데, 이게 감동을 받아도 되는 상황인지 찝찝함이 남는다. 그래서 이야미스.

"보통 사람 선수권이 있다면 내가 우승했을 것이다." 이야미스 계열의 최고 인기 작가인 『고백』의 미나토 가나에를 인터뷰했을 때 그녀가 한 말이다. 평범한 사람들이 과거 사건으로 곤란을 겪는 미스터리를 즐겨 쓰는 미나토 가나에는 검도와 자전거가 학창 시절의 전부였다며 웃었다. "내 딸 마나미는 사고로 죽은 것이 아니라 살해당했습니다. 그 범인은 우리 반에 있습니다"라고 중학생들에게 말하는 선생님의 복수극 『고백』 역시 소설의 대단원에 이르렀을 때 '으앗! 어떻게 반응해야 해?' 싶은 마음이 남는다. 그것이 이야미스.

미나토 가나에는 학교가 무대인 이야기, 동창들 이야기를 많이 썼다. 누구나 학교는 다녔고, 그 안에서의 어두운 감정을 학창 시절에든 졸업 후 친구들을 다시 만나서든 접해봤을 테니, 누구라도 자신에게 일어났을 법한 일이라고 생각하게 만드는 장치가 바로 학교를 가운데 둔 관계라는 설정이라고.

이야미스는 일본 특유의 서브장르로 배경은 일상 미스터리와 유사하지만 불러일으키는 감정은 크게 다르다. 하지만 여성 작가가 대다수로 여성을 주요한 인물로 행동하게 만든다는 데서는 『나를 찾아줘』를 비롯한 여성 작가가 쓴 여성 스릴러 붐과 함께

놓고 보면 재미있다.

이야미스와 여성 스릴러 모두 여성이 가정에서부터 차별받는 현실을 기반으로 쓰였다. 사회생활을 하다가도 나이가 들면 남성보다 먼저 자리를 잃고, 아이와 관련된 커뮤니티에서의 감정 다툼에 신경을 곤두세우지만 혼자 힘으로 해결 가능한 일은 거의 없으며, 남편은 대체로 집안일에 무심하고, 나쁜 경우는 가정폭력을 행사하거나 경제적으로 무능하다. 싱글맘인 경우는 어려움이 가중된다. 세상의 편견이 덧씌워지기 때문이다. 여성 스릴러는(바로 이다음의 글을 참고하시라) 남편을 죽이거나, 그게 아니어도 어떤 방식으로든 처벌이 이루어지는 전개를 갖는다.

이에 비해 이야미스는 수동공격성이 강하다. 그녀들은 이해하는 척하고, 돕는 척하고, 좋아하는 척하고, 괜찮은 척한다. 그러나 마음속은 아수라장이다. 그녀들이 드는 칼은 많은 경우 마음속의 자기 자신을 향한 것으로 보이기도 한다. 여성이 처한 어려움을 장르적으로 해소하고자 하는 노력이 사회가 달라지면서 어떻게 다르게 발현되는지가 흥미롭다.

이야미스는 '싫음'을 꼭꼭 싸매고 살아가는 데 익숙한 사람들에게 친숙할 수밖에 없는, 자기혐오의 장르다.

그때 그 새끼를 죽였어야 했는데

—여성이 쓰고 여성이 읽는 소설의 계보학

그래, 그때는 사랑을 믿었지

옛날 옛적에 '칙릿'이라는 게 유행했다. 『프린세스 다이어리』 『브리짓 존스의 일기』 『악마는 프라다를 입는다』처럼 책으로 인기를 끌어 영화로도 성공을 거둔 작품들 말이다. 칙릿은 젊은 여성들(chick)이 좋아하는 소설(literature)을 일컫는, 낮춰 부르는 뉘앙스를 담은 말이다. 칙릿의 세상에서는 결국 사랑이 중요했다. 브리짓 존스는 두 남자 대니얼과 다시 사이에서 갈등을 겪다가 바람둥이 대니얼과의 이별 이후 (멋진 직업을 가졌고, 사려 깊고, 그녀를 '있는 그대로 사랑하는') '괜찮은' 남자 다시와 사랑을 이룬다. 사랑과 일, 일과 사랑. 커리어도 사랑도 놓치고 싶지 않은 그녀들!

『브리짓 존스의 일기』는 이후 『브리짓 존스의 애인』 『브리짓 존스는 연하가 좋아』 『브리짓 존스의 베이비』로 이어지며 중년이 되어 싱글맘으로 사는 브리짓이 여전히 사랑을 찾아 헤매는 소동극을 그렸다. 하지만 브리짓 존스는 '일기' 시절 가장 사랑받았다. 그 뒤의 작품들이 출간되는 동안, 여성 작가가 쓰고 여성 독자를 타깃으로 한 이야기들은 다른 작품들이었다.

뒤를 이어받은 시리즈는 '트와일라잇'이었다. 스테프니 메이어가 쓴 이 베스트셀러 시리즈 역시 영화화되었고, 손발이 오그라든다는 평도 있었지만 그러거나 말거나. 벨라는 뱀파이어인 에드워드와 사랑에 빠졌다. 『드라큘라』로부터 이어지는 뱀파이어 계보에서 조상님들이 알면 기겁할지도 모르게, 에드워드는 벨라를 사랑하고 벨라의 피를 간절히 원하면서도 너무나 사랑한 나머지 피를 빨지 않고 참고 참는다(1권에서는 참는다). 찰나의 스킨십, 한순간의 키스가 욕망을 부채질해 '선을 넘을지도 모른다'는 생각에 에드워드는 절제한다.

이렇게 키스가 간절한 이야기를 얼마 만에 만나는지. 남녀는 시종일관 시선으로 섹스하고, 말로 섹스하고, 둘이 같이 있으면 공기도 섹스를 하는 지경으로 불타오르는데 정작 몸이 닿는 일조차 없다.

영화 〈트와일라잇〉 1편이 개봉했을 때 북미 박스오피스는 그야말로 불타올랐다. 당시 십대 딸을 둔 어머니 세대가 성장하면서 읽은 할리퀸 로맨스를 뱀파이어를 주인공으로 각색한 듯한 이 사랑 이야기에 많은 관객이 몰렸고, 당시 분위기를 뉴욕에서 취재한 지인의 말에 따르면 모녀가 함께 보러 갈 수 있는 사랑 이야기였다고. 부모님과 영화를 보다가 갑자기 키스신, 베드신이 나와 온 가족이 각자 허공을 바라보는 경험을 해본 사람이라면, 짙은 사랑 이야기에 스킨십이 없다는 사실이 얼마나 안도감을 주는지 알 수 있으리라. 영화 속 섹스가 흔해진 시대에 금욕하는 남자 주인공이라니(시리즈 뒤로 가면 달라진다. 끝까지 금욕했다면 책 화형식이 있었을지도 모른다). 한때 우후죽순으로 칙릿이 쏟아져나왔던 것처럼, '트와일라잇' 시리즈가 인기를 끌자 인간이 아닌 '다른 존재'인 남자와 사랑에 빠진 여자 인간의 로맨스가 쏟아졌다. 샬레인 해리스의 '수키 스택하우스' 시리즈는 그보다 먼저 발표된 뱀파이어 로맨스 시리즈. 이쪽은 더 섹스를 많이 한다. 혹시 궁금하실까 봐 덧붙이자면 그렇다.

그러고는 『그레이의 50가지 그림자』가 이 땅에 도착했다. 엄마들을 위한 포르노라고 불린 이 시리즈는 알려진 바에 따르면 『트와일라잇』의 팬픽션으로 시작되었다. 에드워드의 인간 버전이 바로 크리스천 그레이인 셈. 인간을 초월하는 능력을 가진 뱀파이어는 이제 현실의 IT기업 대표로 강림했다. 그런 크리스천 그레이는 아나스타샤와 '특별한' 관계를 맺고자 한다.

『그레이의 50가지 그림자』로 시작하는 3부작은 할리퀸 로맨스의 공식에서 크게 벗어나지 않는다. 여기 한 남자가 있다. 잘생겼고 몸매가 좋은데다 무엇보다 돈이 많은데 젊기까지 하다. 스물일곱 살의 억만장자 크리스천 그레이는 페이스북을 만든 마크 저커버그의 성공 신화와 『트와일라잇』의 에드워드가 가진 비현실적인 매력을 합해놓은 인물이다.

　　그리고 여기 한 여자가 있다. 이제 대학 졸업반인 아나스타샤 스틸은 친구를 대신해 누군지도 잘 모르는 남자를 인터뷰하러 간다. 인터뷰이는 바로 크리스천, 아무리 대타라고는 해도 무심하기 짝이 없게도 아나스타사는 그의 연령대조차 알지 못한 채 인터뷰 석상에 마주앉는다. 그리고 그의 성적 매력에 '압도'된다. 반은 당혹스럽지만 반은 흥분되는 결과가 뒤를 잇는다. 그 역시 그녀에게 첫눈에 반한 분위기다. 하지만 그는 진지하게 경고한다.

　　"나는 마음과 꽃을 여자에게 바치는 그런 남자가 아니야. 나는 로맨스 같은 행동은 안 해. 내 취향은 아주 독특하지. 넌 나를 멀리 해야만 해."

　　크리스천은 나쁜 남자, 그러니까 한 여자에게 정착하지 않는 바람둥이임을 경고하고 있는 게 아니다. 사실 그는 공식적으로는 게이라는 소문이 있을 정도로 여자 문제는 깨끗한 사람이다. 하지만 그에게는 그림자가 있다. 크리스천은 자신이 원하는 것이 바닐라섹스(도구를 사용하지 않는 삽입 성교)가 아니라 BDSM(결박(bondage), 훈육(discipline), 사도마조히즘(sadomasochism))임을 밝힌다. 그가 원하는 행위를 알기 위해 아나스타샤는 몇 페이지에 달하는 계약서를 전달 받는다. 거기에는 배설을 포함한 행위 등에 두 사람이 '어느 선까지' 합의할 것인지 명시한 조항들이 가득하다.

아나스타샤가 '평범한' 연인 관계를, 섹스를, 사랑을 요구하고 크리스천이 그동안 자신이 해온 행위들과 그 행위들을 지배하는 그림자로부터 벗어나고자 노력하지만 그리 쉽지만은 않은 과정이 이 시리즈의 큰 골격을 이룬다. 아나스타샤는 계약서에 사인하기보다는 그와의 '관계'에 미래가 있는지를 알고 싶어 하지만, 그러거나 말거나 둘 사이의 섹스는 빨리 이루어진다. 『트와일라잇』의 에드워드가 뱀파이어이기 때문에 벨라를 사랑하면서도 해치지 않으려고, 즉 그녀의 달디단 피 냄새에 반응해 그녀를 공격하지 않으려고 안간힘을 쓰며 자제하는 과정이 1권에서 설렘을 낳았다면(물론 후반부로 가면 임신이라는 결과를 낳는 행동으로 자연스레 진도를 뺀다만

서도), 『그레이의 50가지 그림자』는 만난 지 얼마 안 된 두 사람이 섹스를 하면서 시작하는 셈이다.

여기서 다시 한 번 할리퀸 로맨스의 그림자를 떠올리지 않을 수 없다. 대학 졸업반이 되도록 처녀였던 아나스타샤는 첫 경험부터 '완벽한' 오르가즘을 느낀다. 이 책이 '19세 미만 구독 불가'인 이유는 여기 묘사된 섹스의 수위나 각종 도구를 사용하는 장면이 강렬하기 때문이기도 하겠으나, 농담을 섞어 말하자면 첫 경험에 대한 과도한 환상을 심어주기 때문이 아닐까 싶을 정도다.

두 사람의 섹스는 처음부터 단 한 번도 완벽을 비껴가는 적이 없다. 게다가 크리스천은 노트북부터 아나스타샤가 좋아하는 (그리고 어마어마하게 비쌀 게 틀림없는) 『테스』의 초판본, 옷과 자동차까지 무엇이든 아나스타샤에게 주고 싶어 안달하고 아나스타샤는 거기에 앙탈을 부리는 정도의 반응을 보인다. 읽다 보면 헛웃음이 나오는 장면이 적지 않다는 뜻이다. 그래도 읽힌다. 폭발적으로 읽혔다.

기존 로맨스의 하위장르였던 에로티카가 삶에 대한 회의적인 태도에서 출발해 섹스에 탐닉하는 줄거리가 많았다면 『그레이의 50가지 그림자』는 어디까지나 신데렐라 스토리에서 출발해 압도적인 섹스로 사랑을 쟁취하는 이야기다. 크리스천이 섹스라는 행위를 아나스타샤에게 가르친다면 아나스타샤는 그에게 사랑을 가르친다.

한때 인터넷에서 떠돈 유머를 기억하시는지. 재벌 2세를 사로잡는 법. 그의 따귀를 때려라. 그러면 그가 "내 따귀를 때린 여자는 당신이 처음이야"라고 말하며 당신과 사랑에 빠질 것이다. 정말 그런 식이다. 한 침대에서 잠드는 것을 비롯해 연애의 사소한 즐거움은 크리스천에게 미지의 영역이다. 그는 수시로 '이런 일'을 하게 한 여자는 네가 처음이라고 털어놓는다. 섹스는 알지만 사랑은 모르는 남자를 길들이는 과정을 대리 체험하는 일이 주는 만족감을 떨쳐내기란 쉽지 않은 법이다.

여기에 더해 압도적인 섹스가 있을 것이다. 영국에서는 이 책의 판매와 더불어 특정 자위기구 판매가 4백 퍼센트 늘었고, 미국에서는 이 책 덕에 출산율이 높아지리라는 보도가 뒤따랐다. 몸 안에 넣을 수 있는 비밀스러운 구슬이나 고통에서 쾌락으로 이어지는 길을 뚫는 채찍이 안방에 들어올 수 있게 문을 열어준 게 이 책인 셈이다. 그것도 사랑의 이름으로. 그리고 한동안 이와 유사한 에로틱한 소설들이 한참 붐을 이뤘다.

가장 많이 죽는 사람＝남편

여기까지 잘 따라오셨는지? 그러니까 이 트렌드는 제도 안에서의 사랑을 성공시키는 서사로부터 시작해 금욕적인 순정 판타지로 흘렀다가, 과격한 섹스섹스섹스판타지에 몸을 실었다가, 이윽고 갑자기 여사들이 남편을 죽이기 시작했다. 육체를 죽이지 않는다면 최소한 남편의 정신은 죽인다.

여성 작가들이 여성을 주인공으로 쓴 심리 스릴러 전성시대가 도래했다. 2017년 7월 17일 〈월스트리트저널〉은 여성으로 오인받아도 상관하지 않는 남성 작가들에 대한 기사를 실었다. 이 기사의 부제는 이렇다.

"여성의 시점에서 말해지는 심리 스릴러가 인기 장르가 되면서, 남성 작가들이 (성별이) 모호한 필명을 찾는다."

『제인 에어』가 처음 발표되었을 때 저자 이름이 본명 샬럿 브론테가 아니라 (남성 작가가 더 나은 비평을 받는다는 점을 감안한 남성적인 이름) 커러 벨로 표기되었다는 점을 생각하면 세상이 달라지긴 했구나 싶다. 길리언 플린의 『나를 찾아줘』(영화화), 폴라 호킨스의 『걸 온 더 트레인』(영화화), 리안 모리아티의 『커져버린 사소한 거짓말』(드라마화) 같은 히트작의 공통점이 바로 '여성 작가가 쓴 여성 주인공(시점)의 심리 스릴러'이기 때문에 벌어지는 일이다. 클레어 더글러스의 『소피 콜리어의 실종』, B. A. 패리스의 『비하인드 도어』, 알리 랜드의 『굿 미 배드 미』, 진 한프 코렐리츠의 『진작 알았어야 할 일』, 루스 웨어의 『우먼 인 캐빈 10』 또한 여기에 속하는 소설들이다.

원제가 'Local Girl Missing'인 『소피 콜리어의 실종』은 동네에서 소피라는 여자아이가 실종된 사건으로부터 20년 뒤 그 시체가 발견되었다는 소식으로 시작한다. 목요일부터 화요일까지 6일간 벌어지는 일의 주인공은 실종된 소피의 단짝이었던 프랭키. 프랭키는 소피의 오빠로부터 연락을 받고 오랜만에 고향을 찾는다. 책은 실종 직전까지 소피가 쓴 일기와 현재 시점의 프랭키의 심리를 번갈아 보여주며 진실을 따라간다. 초반에는 견고했던 두 소녀의 우정이 중반으로 갈수록 분열된다. 누가 누구를 좋아하는지, 누가 비밀을 감추고 있는지, 누가 거짓말을 하는지가 서로에게 비밀이라고는 없어 보였던 두 여자의 기록과 심리를 통해 내밀하게 그려진다.

마이클 코넬리의 『링컨 차를 타는 변호사』(영

화화), 리 차일드의 『원샷』(〈잭 리처〉로 영화화), 제 프리 디버의 『본컬렉터』(영화화) 같은, 즉 남성 작가가 남성 주인공을 내세워 '시리즈'로 히트시킨 작품들과 지금 유행하는 여성 작가들의 심리 스릴러 사이에는 큰 차이가 있다.

범죄물이라는 공통점은 있지만 남성 작가들의 스릴러가 법, 의학, 군사 관련 전문가를 주인공으로 내세워 비현실적으로 천재적인 악당들을 계속해서 상대한다면, 여성 작가들의 심리 스릴러는 훨씬 현실적인 사건을 보여준다. 전자가 저녁 뉴스 헤드라인에 등장할 법한 이야기라면, 후자는 많은 가정의 닫힌 현관문 안 이야기다. 가정폭력, 성추행이나 강간, 배우자의 외도 같은 이슈가 여성의 시점으로 스토리텔링 전면에 등장해 심리 스릴러의 경향을 만들었다. 책 제목들부터가 가정의 이야기, 현실적인 이야기임을 드러내고 있지 않은가.

그렇다 보니 이 경우는 시리즈화가 불가능하다. 주인공은 사람 죽이는 기술이라고는 프라이팬을 휘두르거나 힘껏 미는 정도가 전부인 일반인 여성들이다. 주인공이 목격자의 위치에서 시작해 사건에 점점 깊게 개입하는 이야기도 여럿인데, 그 경우엔 여성의 증언이 부정당한다는 특징이 있다.

다른 집을 지켜보다가 그 집의 이상한 점을 발견해서, 알코올중독이거나 수면제를 비롯한 약물을 복용하고 있어서, 우울증 치료를 받고 있거나 받은 전력이 있다는 이유에서다. 여성의 말을 귀담아 듣지 않아 더 큰 사고로 이어지는 식의 구성은 현실과 크게 다르지 않다. 일기나 편지, 독백이 중요한 반전의 열쇠가 된다는 점도 특징으로 꼽을 수 있다.

이 장르의 소설에서 가장 수상한 사람이 남편이며, 가장 많이 죽는 사람 역시 남편이라는 것 역시 놀랄 일은 아니겠다. 이전 스릴러 소설에서는 사망자 비율은 여성이 압도적으로 높았으니, 이야기 전개 자체가 변했다. 단순히 '범인을 잡는다'보다는 '오랜 시간 고통받던 가정폭력 피해자가 가해자임에도 구제받는다'는 쪽에 좀 더 무게중심이 기울어 있다는 점도 흥미롭다. 세계를 구하는 기존의 남성 작가-남성 주인공 스릴러의 이야기는 슈퍼 히어로가 더 잘하지 않나. 여성 작가-여성 스릴러는 자신만의 목소리를 찾아냈다.

『우먼 인 캐빈 10』도 여성의 말이 의심받는다는 설정의 작품이다. 호화 유람선에 취재차 탑승하게 된 한 여자가 있다. 로라 블랙록이라는 이름의 주인공. 그녀는 얼마 전 집에서 강도를 당해 몹시 불안정한 상태였지만 모처럼 괜찮은 취재 기회를 놓치지 않으려고 배에 오른 참이었다. 호화 여객선을 만끽하기 위해 메이크업을 하던 로라는 옆방 여자에게서 마스카라를 빌린다. 그리고 한밤중에 작은 비명 소리에 잠이 깬 뒤 무언가가, 아무래도 사람이 물에 풍덩 빠지는 것 같은 소리를 듣는다. 옆방에서 난 소리. 한밤중에 배의 담당자에게 신고하지만 술을 마셨다는 사실 때문에 로라의 말은 신뢰를 얻지 못한다. 날이 밝은 뒤, 문제의 옆방은 배가 출발한 이래 내내 비어 있었다는 사실이 밝혀진다. 심지어 얼마 뒤에는 옆방 여자에게 빌렸던 마스카라도 사라진다.

　루스 웨어의 『우먼 인 캐빈 10』은 그녀의 전작 『인 어 다크, 다크 우드』와 닮은꼴이다. 과거와 현재를 오가며 사건이 벌어지며, 주인공의 기억력은 그다지 신뢰받지 못하는 상황이고, 사건의 전모가 밝혀지기까지 독자는 모든 사람을 의심해야 한다.

　말이 나온 김에 『인 어 다크, 다크 우드』이야기도 해보자. 숲속에 우뚝 서 있는 집 한 채. 그곳에 싱글파티를 하기 위해 사람들이 모인다. 10년 만에 옛 동창의 연락을 받고 모인 사람들. 주인공 노라는 그 자리에 초대 받은 사람이 자신이 알고 있는 고등학교 동창만은 아니라는 사실을 알게 된다. 정작 주인공 클레어는 나타나지 않은 상황에서 서로 어색하기도 하지만, 그들과 독자의 신경을 긁는 물건이 하나 더 있다. 엽총. 책 속에서도 농담으로 등장하듯 '체호프의 총'을 연상하지 않기란 어렵다. 체호프의 총이란 이 책의 옮긴이 주를 인용하면 이렇다. "안톤 체호프가 정의한 각본 원칙으로, 1막에서 총을 복선으로 등장시켰다면 3막에서는 반드시 쏴야 한다."

심지어 이 책은 시작하자마자 아무리 봐도 도망치듯 전력으로 달리는 여자 주인공을 보여준다. 게다가 과거에 무슨 일이 있었다는 암시도 끈질기게 따라붙는다. 『인 어 다크, 다크 우드』는 그렇게 어두운 숲속으로 독자들을 밀어넣은 뒤 외부와의 연락을 끊어버린다.

주인공이 도착하고, 노라는 절망적인 소식을 듣게 되고, 파티가 시작되고, 모든 게 엉망이 되어버린다. 옛 친구들과 마주하면서 옛날에 싫어했던 자기 자신이 튀어나오는 데 경악하는 노라의 심리를 따라가는 동시에, 파티 시점과 이후 경찰에 발견되고 병원에 있는 시점 사이에 벌어진 일을 파악해야 한다. 소소한 사건이 연이어 터지며 소설은 애거사 크리스티의 『그리고 아무도 없었다』를 연상시키는, 고립된 설정을 활용하는 밀실 미스터리로 향한다.

많은 스릴러에서 주인공이 흐릿한 기억으로 사건을 재구성하려는 경우, 그가 범인이곤 했다. 그런데 여성 주인공의 심리 스릴러는 사정이 좀 다르다. 그녀의 불행 혹은 불운이 그녀를 '신뢰할 수 없는 화자'로 만들었기 때문이다. 그리고 그 불행은 그녀가 여성으로서 겪는 가정폭력, 배우자의 외도로 인한 이혼 혹은 배우자의 가스라이팅과 관련이 있다.

폴라 호킨스의 『걸 온 트레인』도 같은 상황이다. 통근 열차를 타고 늘 창밖을 보는 여성은 알코올의존증으로 남편과 갈등을 겪다가 이혼했다. 열차 창밖으로 이상적으로 보이는 부부의 모습을 엿보는 일이 그녀의 낙인데, 어느 날 그녀는 술을 마시고 필름이 끊겼다가 의식을 되찾는다. 『걸 온 트레인』은 세 여성의 시점을 오가며 진행된다. 여성이 주인공인 심리 스릴러에서 이런 장치는 제각기 다른 환경에서 각자의 방식으로 불행을 겪는 여성들을 보여주는 도구로 쓰인다. 남편의 집착, 외도, 폭력이, 문 뒤에 숨어 있다. 아이 진학 문제로 모인 젊은 어머니들이 서로 신경전을 하며 시작하는 『커져버린 사소한 거짓말』 역시 가정폭력 문제를 다룬다.

이런 여성 심리 스릴러에서 가장 반복해 도마에 오르고 토막 나는 것은 바로 완벽한 가정이라는 신화다. 여성들이 가장하는 것은 오르가즘뿐이 아니다. 이상적인 가정을 연기하는 일이야말로 그녀들의 전공 분야다. 이것이야말로 현실적인 스릴러이고 현실과 다른 점이라면, 픽션 속 그녀들은 남편을 죽이고도 감옥에 가지 않는다!*

『비하인드 도어』의 주인공 그레이스는 자신과 남편을 바라보는 사람들의 낭만적인 시선에 환멸을 느낀다. 소설은 이 부부가 친구들을 초대한 저녁 식사 자리에서부터 이야기를 시작한다.

친구들을 만날 때마다, 잭과 내가 싸운 적이 한번도 없고 우리가 모든 것에 절대적으로 의견을 같이하며, 내가, 똑똑한 32살의 여성이 아이도 없이 하루 종일 집에서 소꿉놀이하는 데 만족한다는 말을 믿는 그들의 멍청함이 경이로울 정도다.

그레이스와 잭이 얼마나 완벽한지 주변 사람들이 칭찬을 늘어놓는 동안, 그 자리에 처음 초대 받은

---

* 한국에서는 2018년 1월까지 '가정폭력 피해자에 의한 가해자 살해'가 정당방위로 인정된 사례가 전무하다.

에스터는 완벽한 부부가 어디 있느냐는 시선으로 그레이스 부부를 쳐다본다. 실제로 그레이스의 불안한 심리가 과거와 현재를 오가며 진행되는데 그레이스로부터 잭이 한순간도 떨어지지 않는다는 사실이 눈에 띈다. 그녀에게는 개인 이메일도, 핸드폰도 없다. 이메일은 남편의 계정을 함께 사용하고, 집 전화는 매번 남편이 받아 그녀를 바꿔주기 때문이다. 남편이 동행하지 않는 외출도 없다. 이것이 잉꼬부부라는 뜻이 아님이 곧 밝혀진다.

영화 〈적과의 동침〉이나 〈엘르〉를 본 사람이라면 소설 속 잭이 몹시 낯익게 느껴질 것이다. 서스펜스, 스릴러에 익숙한 독자라면 '완벽한 남편'이라는 설정이 등장한 순간 뭔가 있다고 느낄지도. 그레이스가 과연 무사히 살아날지 조마조마한 마음으로 지켜보는 동시에, 잭이라는 캐릭터의 사악함에 기가 질릴 정도가 된다. 이 책이 속한 장르가 공포가 아닌 서스펜스/스릴러니 결론이 긍정적이리라 예측하면서도, 벌어지는 일에 불안이 증폭되어 책 읽기를 멈추기 어렵다. 결말은 상대적으로 맥이 빠지지만, 다 읽고 나면 분명 영화로 만들어지겠다 싶어진다.

남자 주인공 잭은 조니 뎁이 연기하면 어떨까. 그의 가정폭력 영상이 떠올라 진심 무서워지리라.

『인형의 집』의 노라는 집을 뛰쳐나왔다. 요즘 여성들이 쓰고 읽는 심리 스릴러에서는 자신의 가정을 지키기 위해 남편을 죽인다. 아니면 『나를 찾아줘』처럼 '죽이지는 않았어' 정도의 타격을 입힌다.

거듭 말하지만 이런 소설에서는 트릭만큼이나 여자 주인공들이 처한 폭력적인 현실이 중요하게 다뤄진다. 이 흐름의 뒤에 무엇이 올지는 모르겠다. 하지만 '여자들이 좋아하는'이라는 말이 핑크빛의 달콤하고 부드럽고, 사랑과 행복을 마냥 기다리며 인내하는 성질의 것이 아니게 된 지 오래라는 사실은 흥미롭다. 아니, 신이 난다.

p.s.
그렇다고 이 장르의 미래가 밝은가를 묻는다면, 신간을 꾸준히 읽어오며 약간의 회의가 시작되었다.

스릴러 신작을 꾸준히 읽는 독자라면 사라 핀보로의 『비하인드 허 아이즈』는 '알 만한' 설정의 총집합이다. 완벽해 보이는 부부가 등장한다. 커플이 완벽해 보인다는 묘사에서부터 엄청나게 더러운 빨랫감이 있으리라고 직감할 수 있다. 과거의 '그때'와 '그 후'의 한 장면씩이 흘러간 뒤 본격적으로 이야기가 시작되는데, 소설을 여는 인용구가 의미심장하다.

"비밀은 셋 중 둘이 죽었을 때에만 지킬 수 있다."

-벤자민 프랭클린

아델과 데이비드는 완벽한 커플이다. 사람들 눈길을 끄는 멋진 외모는 물론이고, 두 사람이 매일 몇 번씩 전화로 "사랑해"라고 말하는 모습을 보면 그렇게 생각하지 않기가 어렵다. 아델은 의사로 일하는 데이비드와 얼마 전 이사해 새 삶을 꾸리기 시작한 참이다. 같은 시기, 이혼 후 아들과 사는 싱글맘 루이즈는 어느 날 바에서 한 남자와 만난다. 그리고 파트타임으로 일하는 직장의 새 상사 데이비드가 '그 남자'임을 알고 기겁한다. 게다가 그는 아름다운 아내와 함께가 아닌가. 루이즈는 그날 밤 일을 잊으려 하는데, 어느 날 길거리에서 한 여자와 부딪히게 된다. 데이비드의 아내 아델과. 아델은 루이즈에게 친구가 되어달라고 청한다. 그리고 데이비드와 루이즈의 관계 역시 일회성의 만남 이상의 것이 된다.

정교한 심리 스릴러답게 『비하인드 허 아이즈』는 현재와 과거를 엮으며 '다 읽은 뒤 첫 페이지로 돌아가게 만드는' 반전을 만들어낸다. 아델은 『나를 찾아줘』 속 에이미를 연상시킨다. 초반부터 그런 암시가 강하게 풍긴다. 그러나 그게 다는 아니다. 서술 트릭으로 만들 수 있는 반전으로 가기 위해, 작가 사라 핀보로는 꾸준하게 어떤 설정을 소설 속에 풀어 놓는다.

결말이 가까워올수록 합리적이고 이성적이며 현실에 존재 가능한 방식의 해피엔딩이랄 것이 가능할지 불투명하다는 불안이 커지는데, 슬픈 예감은 틀리는 법이 없다. 『비하인드 허 아이즈』에 대한 평가는 결말을 빼고 이야기하기가 어렵고, 최종 반전에 해당하는 설정이 '반칙인가 아닌가'를 두고 의견이 갈릴 수밖에 없다. SF나 판타지가 아니고서야 독자가 현실에 존재하는 물리법칙을 기반으로 결말을 상상하는 것은 당연한 일이다. 그런데 '그런 설정'이라고 해버린다면 어떻게 받아들여야 할까.

이제 심리 스릴러에서 가능한 반전은 전부 동난 것 아닌가 하는 생각이 드는 결말이다. 혹은, 이제 그 유행이 드디어 끝나가는 건지도.

사건 뒤에 사람 있어요

—흉악범죄와 추리소설 애호가의 동거

홍대 앞에서 커피를 마시고 집으로 가는 길에 택시 타기가 무섭고, 친구들과 외딴 바닷가로 여행 가기도 두렵고 70대 할아버지도 믿을 수 없다. 추리소설을 읽던 습관대로 일간지 사회면을 보며 회색 뇌세포를 쓰는 사람에게, 이렇게 흉악범죄가 많은 세상은 어떤 의미일까.

이 장르의 문법과 독법은 어디부터 잘못됐을까

내가 처음 만난 사람에게 절대 밝히지 않는 것 중 하나가 바로 독서 취향이다. 사람이 죽어나가는 얘기에 확연히 기울어 있어서다. 책 읽기가 여가의 상당 부분을 차지하지만 '훌륭한 인격체가 되고자' 읽는 책은 극히 일부에 불과하다. 물론 세상 훌륭한 책을 다 읽는다고 훌륭한 사람이 되지도 않고 책 읽기와 사람 됨됨이는 별개다. 어쨌거나 재미있는 책을 추천해달라고 할 때 망설이는 경우도, 특정 장르에 몹시 기운 추천 리스트를 갖고 있기 때문이다.

"최근에 읽은 것 중에 뭐가 재미있었어요?"

"『살육에 이르는 병』이요."

"아, 네…."

설상가상 스릴러 애호가들은 스릴러 소설에서 조차 범죄자가 될 '싹수 노란' 폐인들로 그려지는 경우가 종종 있어서 더 난처해지곤 한다. 가끔 그런 상상도 한다. 내가 무슨 범죄의 용의자가 되었다고 치자. 경찰이 내 방을 뒤져보니 사람 죽는 얘기를 다룬 책만 한가득이다. 이거야 확신범 아닌가 말이다.

범죄물을 좋아하는 이유는 사람이 죽기 때문이 아니라 크건 작건 어떤 사건을 둘러싼 사람들의 반응을 즐기기 때문이라는 설명은 너무 길고 구차한데다 상대가 별 관심도 없는 경우가 많아 생략하기 일쑤다. 살인사건보다 살인을 저지른 인간의 심리가 궁금하잖아요, 하는 설명은 어디까지나 같은 취향을 가진 사람들하고나 할 수 있는 얘기다.

한국 여자들에게 대한민국은 언제 무슨 일을 당해도 이상할 게 없는 무법천지다. 밤늦게까지 놀 때 일행이 여자인 경우, '지하철이나 버스가 다닐 때'까지 버텨달라는 말을 듣는 일이 종종 생긴다. 귀갓길에 택시를 탔다가 납치되어 살해당한 여성의 사건을 뉴스로 접한 여자 친구들 사이에서는 택시에 타고 나서 택시 차 번호 찍어 서로에게 보내기가 한동안 일상이었다(남자 친구들은 아무리 술에 취해 택시에 실려가도 아무 걱정근심이 없다).

"괜찮아, 신경 쓰니까 더 무서운 거야."

예전 같으면 이렇게 말했을 텐데 이제는 그럴 수가 없다. 정말로 위험하기 때문이다. 강남역 살인 사건 이후로는 지나다니는 사람이 많은 큰길가 술집에서 친구들과 어울리더라도 늦은 시간까지 놀지 않게 되었다는 사람을 많이 만났다. 화장실이 남녀공용으로 써야 하는 가게 외부(보통 빌딩의 '쩜오층')에 있는 곳뿐이면 아예 화장실을 가지 않는다는 친구도 있다.

그리고 그런 곳에서 옷이 발가벗겨지고, 피칠 갑이 되어 발견되는 여성으로 시작하는 범죄물은 셀 수도 없이 많다. 여자가 죽는 게 장르적 관습이라고, 그래서 어쩔 수 없다고 생각하기에는 어딘가 찜찜한 기분이 들기 시작했다.

2017년 4월 13일, 뉴욕 주 최초의 흑인 여성 법관 셰일라 압두스-살람이 실종 하루 만에 허드슨강에 떠내려온 시체로 발견되었다. 나는 이 기사를 〈가디언〉 보도로 처음 접했다. 그런데 기사에 이상한 구절이 있었다.

'fully clothed.'

옷을 전부 입고 있었다는 표현이 본문에 적혀 있었다. 누군가가 변사체로 발견되었다. 그 사람이 남자라면 옷을 입고 있을 수도 벗고 있을 수도 있지만, 여자라면 옷을 벗고 있었거나 옷차림이 흐트러져 있었다는 보도가 남성의 경우보다 잦다. 숱한 스릴러 소설은 그렇게 강간당하고 발가벗겨진 여성의 신체를 전시하며 사건의 시작을 알린다.

그러니 저 뉴스는 만에 하나 있을 수 있는 '오해'를 막고자 시체가 '옷을 완전히 입은 상태'로 발견되었다고 쓴 건 아닐까. 여성이 범죄 피해자가 되는 일이 장르소설 안에서 너무 흔하니, 현실에서도 '원래' 그럴 수밖에 없다는 듯 무비판적으로 믿어버리고 있지 않을까. 그리고 장르 안에서 쾌락을 주는 설정이 현실의 범죄를 바라보는 시각에도 영향을 미치고 있지는 않을까.

2007년 홍대에서 택시 강도살해 사건이 있었다. 기억하시는지.

'홍대 부녀자 연쇄 납치살인 사건'이라고 불린 이 사건은 여자 회사원 두 사람이 피살되면서 밝혀졌다. 2007년 8월 18일 20대 여성 두 사람이 홍대 앞 주점에서 술을 마시고 택시를 탔다. 피해자로부터

112로 신고전화가 걸려왔지만 통화는 이루어지지 않았고, 두 사람의 시체가 22일과 23일에 발견되었다. 경찰은 납치살인으로 보고 수사에 들어갔고, 30일과 31일에 용의자 세 사람이 모두 검거되었다.

절도 등 전과가 있다고 알려진 송광훈, 이호상, 박철수 세 사람은 돈을 모아 음식점을 차리기로 의기투합했다. 그리고 밤늦게 귀가하는 여성들로부터 금품을 빼앗아 그 돈을 마련하기로 모의하고 범행을 저질렀다. 이들은 운전자 역할을 하는 사람이 여자 손님을 태우면 공범들이 렌터카로 뒤를 쫓다가 택시가 멈추었을 때 택시에 올라 피해자들을 협박한 뒤, 강간하고 살해해 시체를 유기했다.

이 사건이 유명해진 건 홍대 앞에서 술을 마시고 귀가하는 사람을 택시에 태운 뒤 범행하기로 모의했다는 사실 때문이기도 했지만 한 가지 이유가 더 있었다. 범인이 잡히기 전, 한 네티즌이 제법 정확하게 범행 개요와 범인(택시기사)을 추정하는 글을 모 포털 사이트에 남겨서였다.

범인이 밝혀진 뒤 darkgem이라는 아이디의 작성자가 쓴 이 댓글은 그야말로 대한민국에서 가장 유명한 댓글이 되었다. 〈중앙일보〉〈한국경제〉〈매일경제〉〈경향신문〉〈세계일보〉〈오마이뉴스〉〈조선

일보〉 등의 매체를 타고 댓글 전문이 소개되었다.*

댓글이 게재된 시점은 8월 28일 오전 1시 53분, 그로부터 이틀 뒤 범인들이 검거되었다.

---

* '면식범이면 적어도 핸드폰 통화 내역이 있었을 것이다. 통화 내역이 있었으면 벌써 잡았을 것이다. 그 상황에서 우연히 면식범을 만날 수는 없을 것이다. 그리고 면식범이 죽이려고 했다면 사체를 최대한 늦게 발견되도록 하지 한강에 그냥 버리지는 않을 것이다. 그러므로 면식범은 아니고, 일부러 모르는 남자의 차에 탔다면 모르는 남자가 6분 만에 범행을 저지를 리가 없다. 어차피 차까지 태웠겠다, 여자가 술 제대로 먹었겠다, 6분 만에 112에 신고할 만한 행동을 할 필요가 없는 것이다.

그렇다면 결론은 단 하나, 택시다. 일딴 집으로 가려고 탔는데 다른 곳으로 간 것이다. 만약 납치범이라고 한다면 전화하는 것을 그냥 두었을 리가 없다. 철저히 감시했을 것이다. 전화하는 것까지 그냥 둔 것으로 보아서, 처음에는 한 명의 기사였고, 그다음에 제2의 인물이 있는 곳으로 데려갔을 가능성도 배제할 수 없다. 혼자서 두 명을 목 졸라 죽인다는 것은 어려울 것으로 보인다. 이러한 시나리오가 가능하려면 한강 쪽으로 차를 몰고 가야 한다.

택시 중에서 한강 둔치로 몰고 간 차를 찾아보면 좋을 것 같다. 교통카메라 기록 중에서, 올림픽대로나 강변북로 근처에서 차가 한강 둔치로 들어갔다가 다시 나온 듯한 택시를 찾아야 한다. 둔치 근처에 카메라가 없다면, 카메라로 올림픽대로나 강변북로에 시간차를 가지고 나타난 차를 찾아야 한다. 시간은 걸리겠지만 결국 찾을 수 있다.'

범인 검거 후 이 네티즌의 추리가 정확하게 들어맞았다는 사실이 속속 드러났다. 추리는 그야말로 완벽에 가까웠다. 〈크리미널 마인드〉의 프로파일링과 포와로의 논리적인 정황 추리라니. 뉘신지는 모르겠지만 정말 놀랍습니다요. (일동 박수) 짝짝짝.

이렇게 끝나도 되나?

문제의 댓글에 경탄하게 된 첫 번째 이유는 나 역시 여타 사건들을 두고 추리를 해본 적은 있으나 변변하게 성공한 적은 없기 때문이다. 독자에게 도전장을 던지는 엘러리 퀸을 읽기 전부터였는지 읽은 다음부터였는지는 모르겠으나, 궁금한 사건이 생기면 '범인은 누굴까' 생각하게 되었다. 이렇게 나와 연령대가 비슷한 여자들이 희생자가 된 경우는 그런 생각을 하기 전에 이미 너무 겁을 먹어버리지만. 그럴 때마다 생각하는 건, 내가 형사가 아니기에 망정이지 큰일 났을지도 모르겠다는 정도다. 정보도 제한되어 있고, 추리력은 신통치 않다.

추리력을 발휘해야 할 수상쩍은 사건 사고가 불야성을 이루는 주말의 홍대 인근에 한정해 일어나는 것도 아니다. 전남 보성에서 발생한 70대 어부의 연쇄살인 사건은 서울이 지겨워서(혹은 무서워서) 시골 가 살겠다던 사람들의 넋두리를 우습게 꺾어버렸다. 청춘남녀가 한적한 바닷가로 여행을 가서 배를 빌렸다가 배 주인인 70대 할아버지가 성폭행하고 살해할까 무서운 인생이라면, 인구가 1억도 안 돼 책도 안 팔린다는 조막만 한 대한민국에서 믿을 곳은 사실상 없는 셈이다.

그러나 진짜 문제는 '명탐정'이니 '추리'니 하는 말이 실제 범죄를 다루는 뉴스에 진면으로 등장했을 때 느끼게 되는 두려움이다. 실제로 사람이 강간당하고 살해당한 사건을 두고 '추리게임'을 하고, 잘 맞힌다며 박수를 치는 일은 언젠가부터 경박하게 보이기 시작했다. 통계수치 뒤에는 사람이 있고, 명석한 추리 뒤에는 살해당한 사람의 시체가 있다. 잔인한 사건을 두고 "소설 같아요"라며 감탄하는 일은 현실의 강력범죄를 비현실로 소비하게 일조하는 것은 아닐까.

뛰어난 두뇌와 집요한 수사력을 갖춘 주인공이 사건의 마무리를 책임지는 작품 속 세계와 현실은 다르다. 그런데 그 구분이 희미해지는 것이다. 진짜를 두고도 소설 같다거나 영화 같다는 감탄을 하게 되고, 누가 더 잘 맞히는가를 경주할수록.

전직 형사인 분의 특강을 진행한 적이 있다. 당시 그 연사분은 자신이 담당했던 미제 사건을 강연

자료로 준비해 가져왔다. 나는 진행자라 미리 자료를 보게 되었는데, 파일을 열고 첫 페이지 사진을 한참 보아야 했던 기억이 난다. 내가 뭘 보고 있는지 바로 알 수가 없었기 때문이다. 그리고 그것이 시체 사진이고, 발가벗겨진 채 구겨진 십대 여성의 신체를 발견 당시 모습 그대로 찍은 것이었음을 알게 되고서는, 다음 페이지로 넘어가기가 어려웠다. 범죄를 '일'로 매일 대해야 하는 강력반 형사들에 대한 존경심이 생겼다.

그리고 그와 동시에 그때부터 스릴러, 특히 영화와 드라마에서 살인 장면을 자세하게 재현하거나 시체를 '진짜처럼' 보여주는 일에도 의문을 갖게 되었다.

범죄물은 낙원에서 읽어야 제맛

2017년 여름, 스웨덴의 여성 언론인 킴 월은 취재차 방문한 잠수함에 탑승한 것을 끝으로 자취를 감추었다. 잠수함은 덴마크의 발명가이자 백만장자인 피터 매드센이 만든 노틸러스 호. 킴 월이 귀가하지 않자 그녀의 남자 친구는 경찰에 실종 신고를 했는데, 수색 작업이 시작되고 얼마 지나지 않아 매드센은 잠수함이 가라앉았다며 근처를 지나던 배에 구조되었다. 매드센은 최초 진술에서 월을 태운 곳에 내려주었다고 했지만 잠수함이 이동한 경로가 그의 진술과 달라 의심을 샀다. 이후 머리와 팔다리가 잘린 월의 상반신이 발견되었고, 고의로 가라앉힌 다른 신체 부위들도 잠수부들이 건져냈다.

매드센은 진술을 번복, 우연한 사고로 사망한 월을 바다에 떠내려보내 수장시켰다고 했으나, 검찰은 살인, 사체절단, 유기 모두를 매드센이 했다고 보고 수사를 진행했다. 매드센의 실험실에서는 여성들이 고문당하고 산 체로 목이 잘린 뒤 불 태워지는 실제 범죄를 찍은 것으로 추정되는 영상이 발견되었다는 발표가 있었고(매드센이 찍은 영상인지는 알려지지 않았다), 미궁에 빠져 있었던 여성들의 실종, 살해 사건들과 연관이 있는지도 조사 중이라는 보도가 이어졌다.

사건의 가해자가 거물이고 유명인(TED 강연도 했다)이라는 점, 여성을 대상으로 한 강력범죄라는 점에서 "스티그 라르손의 '밀레니엄' 시리즈 같은" 사건이라는 말도 있었다. 그러나 이 건은 어디까지나 실제 사건이다.

킴 월 사건을 다룬 언론 보도 중에는, 혼자 취재에 나서는 여성 언론인이 처할 수 있는 위험성에 대한 동료들의 토로를 담은 것도 있었다. 인터뷰를 위해 다른 사람이 없는 공간에 단둘이 있게 될 때, 이와 같은 사건을 경험할 가능성이 남성보다 여성 저널리스트의 경우 더 높아지고, 피해를 입을 가능성 역시 완력 차이 때문에 남성보다 여성이 더 높다는 우려였다.

킴 월은 〈가디언〉 〈뉴욕타임스〉 〈바이스〉 〈슬레이트〉 〈타임〉에 글을 실은 프리랜스 저널리스트였다. 환경오염부터 핵무기 관련 기사까지 폭넓게 취재한 것으로 알려져 있고 북한, 남태평양, 우간다에 방문해 취재한 적도 있다. 이는 여성들이 놓이는 위협의 본질을 잘 보여준다. 위험하다는 장소에서만 조심한다고 될 일이 아니라, 북유럽의 성공한 과학자를 취재하다가 살해당하고 신체 절단을 당할 위험이 존재한다는 것이다.

이런 사건을 두고 "그러니까 여자가 조심해야지"로 결론지어야 할까. '남자가 여자를 살해한다'는 쪽에 무게를 두고 지금까지 당연하다 생각했던, '충분히 조심하지 않은 피해자 탓하기'라는 생각을 근본적으로 바꾸어야 하지 않을까.

지인 A는 유영철 사건 때 버스카드 기록으로 유영철과 같은 버스에 탔을 가능성이 있다며 경찰의 조사를 받았고, 친구 B는 너무 독한 지하철 성추행범에게 걸려 범인을 끌고 경찰서에 갔다가 두고두고 불려다녔고, 친구 C는 신문에 크게 보도된 어떤 범죄 사건의 피해자가 되었다. 전혀 웃을 일이 아니다. 흥미진진하게 즐길 일도 아니다. 벌어지지 않아야 할 범죄일 뿐이다.

연인이나 부부 관계인 남성이 여성을 죽였을 때 가해자인 남성의 말을 빌려 바람을 피워 욱했다, 밥을 차려주지 않아 욱했다, 우발적으로 실수했다는 말을 언론에서 일상적으로 접하고, 인기 있는 장르에서 그런 장면은 수도 없이 반복된다. 그럼에도 단순히 "팩트니까 별수 없어요" "픽션이니 상관없어요" "취향이니까 존중해주세요"라고 말할 수 있는 것일까.

공포물과 스릴러물을 좋아하는 남자 지인은 한때 "한국 장르물은 너무 몸을 사린다"는 불평을 하곤 했다. 김지운 감독의 〈악마를 보았다〉를 호평한 이유인즉, "끝까지 갔다"는 점을 높게 사서. 창작물에서 표현의 자유를 누리는 일은 막을 수도 없고 막아서도 안 된다. 하지만 근심하게 되는 까닭은, 끝까지 가고자 하는 대중영화가 스릴러의 외피를 쓰고 지나치게 '많이' 제작되는 듯해서다. 한국 스릴러는 총기 소유가 불법인 나라답지 않게 총을 자주 쓴다. 그게 아니면 모두 피철갑이 되도록 장도리나 칼을 들고, 룸살롱에서 여자 종업원을 옆에 낀 남자들이 술판을 벌이다 머리를 처박고 죽거나 죽인다.

그렇게 '세다'는 느낌이 스릴러의 전부처럼 느껴진다면 이 장르의 미래는 어디 있는지. 스릴러는 대체 뭐 하는 장르인지.

추리력을 발휘할 일이 없는 현실이 가능하다면 그게 최선이겠지. 누가 죽거나, 폭행당하거나, 실종되는 일이 없는 세상이 가능하다면. 작품 속에서만 추리하고, 현실은 현실대로 안온한 쪽이. 하지만 현실에서 아무 사건도 일어나지 않는다면, 인간의 악의가 존재하지 않는다면, 현실의 범죄도 없겠지만 범죄물도 존재하지 않을 것이다. 에덴동산에서 범죄물을 누가 쓰고 누가 읽겠느냐 말이다.

그러나 내가 바라기는 낙원에서 범죄물 읽기다. 앞에서 『스노우맨』을 쓴 노르웨이 소설가 요 네스뵈를 인터뷰했던 때 이야기를 했다. 나는 물었다. 당신의 소설에는 연쇄살인이 자주 등장한다, 강력범죄도 많다, 노르웨이의 현실을 반영했나. 그의 대답은 간단했다. 사실은 살인사건이 거의 벌어지지 않는다, 굉장히 안전하다, 소설과 현실은 전혀 다르다(하지만 북유럽 국가들의 범죄는 장기간에 걸친 은밀한 형태로 축적되는 경우를 보게 되곤 한다. 소설과 영화 『룸』이 참고한 실화인 요제프 프리츨의 친딸 강간 감금 사건처럼).

범죄가 발생하는 이유는 단순히 악의에만 있는 건 아니다. 선의가 실수로 이어지기도 하고, 자기방어가 살인이라는 결과를 맺을 수도 있다. 가해자의 악의뿐 아니라 피해자의 악의가 범죄를 만들어낼 수도 있다.

그래서 범죄물을 읽는다. 이해할 수 없는 악의의 정체가 궁금해서, 불가능해 보이는 범죄가 이루어지고 또 그것을 해결하는 천재적인 두뇌플레이를 보고 싶어서, 그 안에서는 언제나 해결책을 찾을 수 있는 서사 안에서 안전한 쾌락을 느끼고 싶어서. 하지만 '내가 파는 장르'가 무엇을 소비하는지 알고는 있어야 한다.

부디 바라건대, 이 글을 쓰는 나나 읽는 여러분의 삶은 평온하기를. 그리고 이 세상도, 약간은 평온해지기를. 인간들이 서로 때리거나 죽이지 않아도,

환경오염 덕에 조만간 다 함께 망할 듯하니 더더욱. 어쩐지 결론이 토정비결 점괘같이 되고 말았지만 우리가 아무리 서로의 안녕을 있는 힘껏 빌어주어도, 일간지 사회면에는 범죄가 넘쳐나리라. 잊지 말아야 하는 한 가지. 사건 뒤에 사람 있어요.

픽션은 하고 논픽션은 하지 않는 것

—당신은 결국 논픽션을 읽게 되리라

스릴러 소설을 좋아하는 까닭은 그것이 상상의 영역에 갇혀 있기 때문에 주는 안전함에 있지만, 우리는 스릴러 소설 속에 살고 있지 않다. 현실의 범죄는 훨씬 자주, 강력하게 인간의 존엄을 파괴한다. 스릴러가 점점 잔혹해지는 이유가 현실을 반영하기 때문이라고? 그럴 수도 있다. 혹은 단순히 자극에 노출되면서 더 많은 자극을 원하기 때문일 수도 있다. 그렇게 쌓아올려진 둔감함은 현실의 사람들이 겪는 고통을 구경거리로 소비하게 만들 수도 있다.

사건을 소비하지 않는 법을 익히기란 가능할까. 신중한 논픽션들은 그 불가능해 보이는 시도에 매달린다. 호기심에 책을 든 사람들이 공범의 자리에 서지 않게 만들기 위해 그만큼의 신중함을 요구한다. 그래서 스릴러 소설이 하고, 실제 범죄를 다룬 잘 쓴 논픽션들이 하지 않는 것에 눈길이 간다.

어디서부터 무엇이 잘못되었을까

나에게는 작은 호기심이 하나 있다. 금태섭 의원(검사 출신 변호사였고 지금은 국회의원이다)의 말을 듣고 『사형수 오휘웅 이야기』를 읽은 사람이 몇 명이나 있을까? 손발가락으로 다 꼽을 수 없는 수인 건 분명한데, 얼마나 더 있을까?

금태섭 의원이 변호사이던 시절, 그가 진행한 라디오 프로그램에서 신간을 소개하는 코너를 맡은 적이 있다. 그 코너는 내가 지금까지 라디오 게스트로 한 일 중 탑5에 언제까지고 들 텐데, 그가 다독가여서다. 심지어는 내가 원서로 읽은 책을 그도 원서로 이미 읽은 경우도 있었다. 『82년생 김지영』을 국회의원들에게 읽어보라며 돌렸다는 에피소드를 뉴스로 접했을 때 놀라지 않은 것은, 그가 실제로 다독가이며, 그 책의 어떤 면을 높게 샀을지 알 것 같아서였다. 검사 출신 변호사인 그는 그때만 해도 존 그리샴 같은 법정 스릴러를 써보고 싶다는 포부를 가지고 있었다. 그리고 그때 "꼭 읽어보라"고 나에게 추천한 책 중 하나가 바로 『사형수 오휘웅 이야기』다.

한국에 실제 범죄를 소재로 한 논픽션은 많지 않다. 있다 해도 범죄심리학자나 프로파일러가 여러 범죄를 나열하는 식으로 쓴 책이 주를 이룬다. 이런 책들은 한국 사회를 뒤흔든 굵직한 사건들을 훑는 구성이어서 다루는 사건들이 어느 정도 겹치는 경향이 있다. 대표적으로 화성 연쇄살인 사건, 지존파 사건, 유영철 사건 등이 거론되고, 특히 사이코패스에 의한 연쇄살인에 큰 비중을 둔다.

심리학자 김가원의 『아이들은 산에 가지 않았다』는 '개구리 소년 실종 사건'을 다룬 책이다. 사건에 매달리던 그는 1996년 실종 아동 중 한 아이의 아버지를 용의자로 지목해 경찰과 함께 사체 발굴 작업을 벌였다가 실패한 뒤, 재직 중이던 KAIST에 사표를 제출했고 한국심리학회에서 제명되었다. 『아이들은 산에 가지 않았다』는 그 집착에 가까운 기록을 바탕으로 소설 형태로 출간되었다. 『사형수 오휘웅 이야기』는 그런 책들 사이에서 두드러진다.

이 책의 저자는 바로 보수논객으로 유명한 조갑제다. 1986년 한길사에서 책이 나온 뒤 절판되었으나, 한국 탐사보도의 걸작으로 꼽히며 입소문이 나더니 29년 만인 2015년 '조갑제닷컴'에서 재출간되었다. 뉴스타파 김용진 대표가 인터뷰에서, 김두식 경북대 교수가 『헌법의 풍경』에서, 천정배 국회의원이 페이스북에서 이 책을 언급했다. 또 금태섭 의원은 한국의 범죄에 관련해 강연할 일이 있을 때 이 책을 꽤 자주 언급했고, 나 역시 그렇게 이 책을 접했다. 놀랍게도 내 주변에서 이 책을 읽었다는 사람들(몇 안 된다)은 모두 금태섭 의원의 말을 듣고 읽어 보았다고 말했다.

1979년 9월 13일 서울구치소 사형집행장 돗자리에 서른네 살의 치정살인범 오휘웅이 앉았다. 유언이 있으면 하라는 집행관의 말에 그는 "저는 절대로 죽이지 않았습니다"로 시작하는 말을 남겼다. 그 끝에는 죽어 원혼이 되어서라도 누구에게 원수를 갚겠다는 저주가 있었다.

조갑제는 그 말을 선해 듣고 취재해『사형수 오휘웅 이야기』를 쓰게 되었다. 즉 오휘웅이 살아 있을 적에 직접 그를 만나 취재하고 사건에 대해 들은 것이 아니라, 그가 죽은 뒤에 남겨진 기록을 통해 오휘웅이라는 인물을 되살려냈다.

『사형수 오휘웅 이야기』는 엉미 저널리즘의 영향을 강하게 받은 논픽션 특유의 유려한 스토리텔링과는 거리가 있다. 그런 책들은 대체로 구슬을 꿰는 솜씨가 좋은데, 이 책은 때로 거칠게, 불균질하게 한국의 사형 집행과 사형수들의 범죄 내력, 용의자에 대한 고문이 횡행하던 한국의 현실을 담아냈다. 책에 오휘웅 말고도 다른 많은 사건이 등장하는 건 그래서다.

사건은 1974년 12월 30일 일어났다. 서른여덟 살 정시화가 목에 넥타이가 매인 채 발견되었다. 여덟 살 아들 연홍, 여섯 살 딸 연경 역시 목에 끈이 매인 채 현장에서 발견되었다. 처음에 경찰은 정시화가 아들과 딸을 죽이고 자살한 것으로 추정했던 것 같다. 그리고 사건 현장은 발견 당시부터 보존되지 못하고 엉망으로 흐트러진다. 일가족의 유일한 생존자는 현장을 처음 발견한 정 씨의 아내 두이분이었다. 두이분은 일련정종 교도였고 오휘웅의 아버지 또한 같은 종교 교도여서 오휘웅과 알게 되었다고 한다. 오휘웅은 사망한 정시화와도 잘 알고 지내는 사이였다.

그대로 종결될 뻔한 사건이 전기를 맞은 것은 변사보고서를 접하고 이상하다는 생각을 한 검사 안길수가 영안실에서 두이분의 모습을 본 뒤였다. 검사는 배우자와 자식을 잃은 사람이라기엔 두이분의 우는 모습이 어색하다고 생각하고 사건을 더 파헤쳐 보기로 했고, 두이분의 손에 묻은 핏자국을 봤다는 목격자의 진술을 얻는다(발견 당시, 사망한 정시화의 입과 코에도 피가 묻어 있었다).

더불어 오휘웅이 알리바이를 조작하려 한 증거를 발견하고, 두 사람을 조사했다. 이 과정에서 오휘웅이 두이분과의 불륜관계를 털어놓았고, 경찰은 두 사람을 오가며 상황을 끼워맞췄다.

당시 신문에 참여한 조용구 형사는 "따귀 한

대 때리지 않았습니다"라면서 오휘웅이 순순히 자백했다고 말한다. 그런데 조갑제는 당시 오휘웅을 신문한 형사들을 만나 오휘웅에게 손을 댔느냐고 물었고 그들에게서 "강력범 수사에서 안 때릴 수 있습니까?" "그런 수사에선 손을 안 댈 수가 없습니다"라는 대답을 듣는다. 오휘웅의 상고이유서에 따르면 당시 고문이 있었다. 수사관들은 오휘웅의 옷을 다 벗긴 채 거꾸로 매달아 콧구멍에 물을 붓고 경찰곤봉으로 발바닥을 때렸다.

『사형수 오휘웅 이야기』는 '고문에 의한 허위자백'의 가능성이 있는 사건을 들어 사형이라는 제도를 논한다. 최근 한국 현대사를 다룬 영화들에서 고문이 등장하는 경우가 얼마나 잦았는지를 떠올려보면 『사형수 오휘웅 이야기』는 한때 당연시되던 강압적인 수사 방식, 나아가 가혹한 고문과 진술 조작의 위험성을 앞서 경고한 셈이다.

책에는 고문으로 피해를 입은 수많은 사례가 등장한다. 그리고 고문이 노출되지 않는 이유부터 경찰이 물증을 조작해 만드는 경우까지도 실례를 들어 설명한다. 진범을 잡기 위해 쓴 책이 아니라, 범인이 사법체계 속에서 '만들어지는' 경우를 보여준 셈이다.

사형 제도를 다룬 걸작 논픽션으로 『내 심장을 향해 쏴라』를 빼놓을 수 없다. 두 명의 무고한 시민을 죽이고 스스로 사형에 처해달라고 주장한, '가장 유명한 사형수'로 불린 게리 길모어. 게리 길모어는 폐기되다시피했던 사형 제도를 부활시킨 인물로 불렸고, 1977년, 미국에서 총기로 사형 집행이 이루어진 마지막 사형수가 되었다. 작가 노먼 메일러는 『사형집행인의 노래』라는 책으로 게리 길모어 사건을 다뤄 퓰리처 상을 수상했다. 『내 심장을 향해 쏴라』에는 노먼 메일러의 저작과 영화화에 대한 언급도 있다. 그러면 왜 게리 길모어에 대한 또 한 권의 책이 필요했을까.

　　『내 심장을 향해 쏴라』의 저자는 게리 길모어의 동생인 마이클 길모어다. 이 책의 일본어판을 무라카미 하루키가 번역하며 "인간에 대한, 아니 어쩌면 세계에 대한 기본적인 철학에 거대한 변화가 일어났다"고 했다는 이야기가 전해진다. 하루키는 자신의 에세이에서도 이 책을 언급한 적이 있다.

　　한국어판으로 700페이지에 달하는, 사형당한 범죄자인 형에 대해 쓴 마이클 길모어는 어떤 사람인가. 그는 〈롤링스톤〉의 수석편집장이었고 음악평론가다. 그가 굳이 형에 대해 이야기하지 않아도, 형

의 이름은 그를 따라다니는 꼬리표였다. 그럼에도
그에게는 이 책이 필요했다.

　이것은 살인에 대한 이야기다. 육신의 살해와
영혼의 살해, 비탄과 증오 그리고 복수의 살해다.
그 살해가 어디서 시작되었는지, 그리고 어떤
형태로 우리의 삶 속으로 들어와서 어떻게
인생을 바꿔놓으며, 그 유산들이 어떻게 우리를
둘러싼 세계와 역사 속으로 흘러 들어오는지
말하려 한다.

　살인이 잉태된 집안에서 들려주는 살인에 관한
이야기. 그 자신이 자라난 환경에 대한 이야기. 아버
지, 두 형 게일렌과 게리, 어머니가 한 사람씩 죽었
고, 맏형 프랭크는 어둠의 세계로 걸어 들어가더니
다시는 나타나지 않았다. 그들은 꿈에만 나온다. 그
꿈이 『내 심장을 향해 쏴라』의 시작이다.
　폭력의 연대기를 쓰는데, 그 주인공들이 전부
가족이고, 그들이 가해자 자리에 서 있다면 무엇을
할 수 있을까. 맏형 프랭크가 사라져버린 대목에 이
르면 머릿속이 뜨거워진다. 폭력이 사람들을 망가뜨
리고, 망가진 사람들이 죽거나 죽이고, 남은 사람들

이 하는 "네가 멀리 가버린 건 현명한 일이었다"라는 말을 듣는 사람이 된다는 일의 고통이 말로 다할 수 없는 괴로움을 안긴다.

마이클 길모어는 형이 죽은 뒤 LA로 떠나지만 (《롤링스톤》 편집자들이 그의 자리를 지켜주었다) 아무 일 없이 지나가는 날은 그에게 단 하루도 없었다. 게리 길모어에 대한 호기심을 마주하는 일도 괴로웠지만, 게리 길모어는 팬을 지닌 살인자였다. 게리의 팬들과 지지자들 틈에서 살고 싶지 않았던 마이클이 택한 위안처는 얽히고설킨 가족사를 풀어가면서 사건을 해결하는 로스 맥도날드의 하드보일드 소설이었다.

범죄를 다룬 논픽션은 '가족'과 '공동체' 문제에 상당한 분량을 할애해 진지하게 다룬다. 나는 앞에서 스릴러가 풍토병과 닮았다고 했다. 범죄는 더 그렇다. 어디선가 싹이 텄다. 사람들이 보는 곳에서 혹은 모르고 싶던 방식으로 싹은 성장했다.

픽션과 논픽션의 차이는, 논픽션을 읽다 보면 그 싹을 없애야 한다는 사실을 일찌감치 감지한들 손쓸 방법이 없다는 무력감을 경험한다는 데 있다. 논픽션 속 사람들은 장기말이 아니다. 글 몇 자로 재단할 수 없다. 사건이 파헤쳐지는 과정에서, 마이클은 형의 범죄 말고도 가족에 대한 가혹한 진실을 잔뜩 알게 된다. 책을 마무리하는 순간조차 꿈을 꾸고 울며 잠에서 깬 뒤 그는 주문을 되된다.

"괜찮지 않아, 절대로. 괜찮아질 수 없어."

이 책의 '감사의 말'은 실제 사건을 글로 옮긴다는 작업이 어떤 뜻인지를 절절하게 보여준다.

범죄 가해자의 가족이 쓴 논픽션 중에는 『나는 가해자의 엄마입니다』도 있다. 1999년 일어난 미국 콜럼바인 고등학교 총격사건의 범인 중 한 명인 딜런 클리볼드의 어머니 수 클리볼드가 썼다. 아들이 세상에 존재했던 만큼의 시간이 흘러, 어디서부터 무엇이 잘못되었을까를 되된다.

『엘리펀트』나 『케빈에 대하여』처럼 이 사건의 연장선에서 상상력을 발휘한 작품들이 이미 존재하지만, 『나는 가해자의 엄마입니다』를 읽으면 그 작품들은 픽션이어서 즐길 수 있었구나 싶어진다.

수 클리볼드는 가해자의 어머니이자 자살자의 유가족이다. 아들의 시체를 치운 자리에 백묵으로 그려진 가늘고 긴 형체를 보며 아들이구나 생각하는 대목, 방송에서 아들 사진이 나올 때 가장 못 나온 사진이라 신경이 쓰인다고 말하는 대목에서 느껴지

는 엄마로서의 마음이 있고, 아들의 성장 과정을 어
렸을 때부터 되돌아보며 자신이 놓친 신호는 없었는
지 복기를 거듭하는 대목에는 책임감이 있다. 재판
과정에서 피해자들의 부모들에게 사과하고 싶었지만
변호사의 조언으로 그러지 못했다는 자책, 공황발작
이 일어나던 순간들에 대한 묘사….

책을 다 읽고 나서도 시원함 같은 건 느낄 수
없다. 오히려 알 수 없어지고 괴로워진다. 그 괴로움
을 피하지 않는다는 것이 재발을 막을 수 있는 그나
마 유일한 방법일 것이다.

이 책은 데이브 컬린의 논픽션 『콜럼바인』과 같
이 읽을 것. 『나는 가해자의 엄마입니다』와 같은 사
건을 다루지만 『콜럼바인』은 수만 쪽에 달하는 수사
관련 문서와 생존자 인터뷰, 현장 답사로 사건 전체
를 조망하고자 하는 시도다. 타임라인은 몇 번이고
반복되며 여러 관점에서 사건을 재구성한다. 사건
이후 경찰, 언론의 태도에 대한 컬린의 문제 제기가
이 책의 핵심이다.

『나는 가해자의 엄마입니다』가 세상이 손가
락질하는 아들의 손을 마지막까지 놓지 않고자 하
는 시도인 동시에 유사한 일이 반복되지 않게 하려
는 노력이라면, 『콜럼바인』은 가능한 한 주관을 배

제하려는 기록 전쟁의 산물이다. 소설과 영화 『엘리펀트』, 다큐멘터리 〈볼링 포 콜럼바인〉, 소설과 영화 『케빈에 대하여』와 함께 보면 좋다. 사건은 하나지만 그 해석은 여럿 존재할 수 있다. 총기 소지와 폭력 성향, 자살 성향의 우울증, 따돌림 등 여러 이슈가 각 작품을 가른다.

픽션을 픽션으로, 현실을 현실로

범죄를 다룬 논픽션 중에서 빼놓을 수 없는 책은 제임스 엘로이의 『내 어둠의 근원』이다. 제임스 엘로이는 LA를 무대로 한 스릴러 연작(『블랙 달리아』 『빅 노웨어』 『LA 컨피덴셜』 『화이트 재즈』)을 쓴 소설가다. 이 작품들은 모두 베스트셀러가 되었고, 『블랙 달리아』와 『LA 컨피덴셜』은 동명의 영화로도 제작되었다.

어머니와 단둘이 살던 엘로이는 열 살 때 어머니가 강간살해 사건으로 세상을 떠난 뒤, 이혼 후 따로 살던 아버지 손에서 자랐다. 어머니 사건으로 생긴 트라우마로 범죄물에 탐닉하며 학교에 적응하지 못하고 고등학교를 중퇴, 오랜 시간 약물과 알코올에 중독되어 살다가 1981년 첫 소설 「브라운 진혼곡」을 발표했다. 1987년에는 20세기 미국 최악의 미해결 살인사건 중 하나로 꼽히는 블랙 달리아 사건을 모티프로 5년의 시간을 쏟아부은 『블랙 달리아』를 써 호평받았다. 그는 어머니 사건을 투영해 이 책을 쓴 것으로 알려져 있다.

그런 엘로이가 쓴 회고록인 『내 어둠의 근원』은 그가 오랜 시간 집착해 조사해온 어머니의 사건을 마주하는 논픽션이다.

"아이들이 그녀를 발견했다."

1958년 6월 22일 일요일 오전 10시 10분, 엘몬테의 킹스로와 타일러가 교차 지점에서 시체 발견. 피해자는 40대 추정 백인 여성. 흰 피부에 빨강 머리. 킹스로 인도 안쪽으로 불과 한 뼘 정도 떨어진 담쟁이덩굴 위에 똑바로 누워 있었다. 피해자의 팬티, 구두, 핸드백은 찾을 수 없었다.

수사가 시작되면서 피해자의 전 남편과 아들도 소개된다. 피해자의 아들은 통통했으며, 열 살치고는 키가 큰 편이었다. 아이는 조금 불안해하기는 했지만 말짱한 정신을 유지하고 있었다. 이 아이가 바로 『내 어둠의 근원』을 쓴 제임스 엘로이다.

당시 만날 수 있는 한 모두 관련자를 만나고 볼

수 있는 한 모든 관련 기록을 검토하고 쓴 이 책에서, 그는 사건 직후 경찰서 복도에서 아버지와 아들이 포옹하는 장면도 적어두었다.

아만드 엘로이는 아들을 껴안았다. 아이도
아버지를 꼭 안았다. 그들은 안심한 듯했고,
묘하게 행복해 보였다.

제임스 엘로이는 어머니 진 엘로이를 죽인 범인을 찾고 싶다는 마음과 그 사건이 자신에게 미친 영향을 똑바로 보고자 하는 마음으로 이 책을 썼다. 어머니 사건이 자신에게 미친 영향을 알기 위해 어린 시절 어머니의 알몸을 훔쳐보던 기억을 되살리기도 했다. 강박적일 정도로 사건에 매달린 내용이 한 권 분량의 책이 된 것이다.

그 결과 제임스 엘로이는 어머니가 어떤 사람이었는지를 알게 된다. 사건 직후 말해졌듯 문란하고 제멋대로며 아이를 책임질 능력도 없는 여자가 아니라, 아이를 지키기 위해 노력한 어머니의 흔적을 보여준다. 이혼 과정에서 조사관이 그의 부모를 모두 만나 조사했다. 제임스 엘로이가 다닌 학교 교장은 아이 아버지가 어머니를 다시 만날 목적으로 아이를 이용한다고 했고, 진 엘로이가 아이를 잘 돌본 훌륭한 어머니라고 했다. 그 외에도 여러 사람들을 만나 조사한 뒤, 조사관과 판사는 제임스의 양육권을 진에게 주었다. 제임스는 누가 어머니를 죽였는지는 끝내 알아내지 못했지만, 어머니가 어떻게 그곳까지 가게 되었는지는 밝혀내는 데 성공한다.

엘로이는 "다시는 그녀를 배신하지도 버리지도 않을 것이다"라고 책을 맺으며, 사건에 대한 정보가 있는 사람들의 연락을 기다린다며 연락처를 남겼다.

트루먼 카포티의 『인 콜드 블러드』는 논픽션 소설이라는 형용모순적인 작품이다. 1959년 캔자스주의 작은 마을 홀컴에서 일가족 네 명이 엽총으로 무참하게 살해당한 사건이 발생한다. 이 사건을 〈뉴욕타임스〉에서 읽은 카포티는 "저널리즘의 취재 방식과 소설적 글쓰기를 혼합한" 책을 쓰기로 마음먹고 (이후 『앵무새 죽이기』를 쓴) 친구 넬 하퍼 리와 함께 사건이 벌어진 캔자스로 향한다. 담당 형사 해럴드 니가 "경찰보다 카포티가 더 많은 사람을 만났을 것"이라고 할 정도로 폭넓은 취재를 했지만 두 사람은 인터뷰를 할 때 단 한 번도 노트 필기를 하지 않았다. 대화의 94퍼센트를 기억하는 카포티는 취재를 마치고 숙소로 돌아와 하퍼 리와 함께 그날 취재 내용을 정리해나갔다.

취재 중 두 범인이 체포되었다. 넘치는 증거 앞에서 무죄냐 유죄냐를 씨름하는 것은 의미가 없었다. 사형이냐 무기징역이냐가 중요할 뿐이었다. 재판 결과는 사형이었다.

카포티는 뇌물을 씨 교도소에 있는 범인 페리 스미스와 딕 히콕에게 접근했다. 절망에 빠져 곡기를 끊은 페리 스미스에게 음식을 떠먹여가며 카포티는 그들 머릿속에 든 모든 것을 끄집어냈다. 게다가 카포티는 스미스를 좋아하게 되었다. 스미스는 카포티의 도플갱어 같았다. 둘의 유년기는 너무나 비슷한 방식으로 비극적이었다. 키도 체구도 비슷했다.

취재를 마친 카포티는 가방 스물다섯 개, 개 두 마리, 고양이 한 마리 그리고 애인 잭 던피와 함께 스위스로 가『인 콜드 블러드』를 쓰기 시작했다.

스미스와 히콕은 종종 카포티에게 편지를 썼다. 둘은 상소에 상소를 거듭했고, 사형 집행은 자꾸 미루어졌다. 카포티는 초조해졌다. 둘이 사형되기 전에는 책을 마무리 지을 수 없었기 때문이다. 두 사람, 특히 스미스에게 애정에 가까운 우정을 느끼면서도 카포티는『인 콜드 블러드』의 완성을, 그들의 죽음을 간절히 원했다. 카포티는 『인 콜드 블러드』가 걸작이 될 거라는 사실을 알았다. 작가로서의 미래가 이 책에 달려 있었다. 사형 집행 소식이 들려왔다. 마침내 그는 책을 완성할 수 있었다.

　　『인 콜드 블러드』와 『내 심장을 향해 쏴라』 모두 무라카미 하루키가 좋아하는 책이라는 점을 감안하면, 하루키가 1995년 3월 20일 도쿄의 지하철에서 발생한 옴진리교 신도들에 의한 지하철 사린가스 살포사건을 다룬 논픽션 『언더그라운드』를 작업한 사실은 당연해 보일지도 모르겠다.

　　하루키는 사건이 일어난 지요다 선, 마루노우치 선, 히비야 선으로 나누어 당시 현장에서 사건을 겪은 사람들을 인터뷰해 책에 실었다. 1996년 1월부터 12월까지 인터뷰했으니 사건의 기억이 생생하게 담겼다고 볼 수 있을 테고, 긴 인터뷰를 짧게 정리하면서 취사선택이 있었지만, 따로 '극화'하려는 시도는 가능한 배제한 것으로 보인다.

　　이 책에서 특히 주목할 것은 221쪽부터 실린 나카무라 유지 변호사 인터뷰다. 나카무라 변호사는 옴진리교 피해자 대책에 관계되어 아내와 어린아이까지 일가족이 살해된 사카모토 변호사의 사법연수

원 동기로, 사린 사건 이전 옴진리교의 분위기를 이해하도록 돕는다.

마지막으로 언급할 논픽션은 『미줄라』다. 산악인들의 세계를 다룬 걸출한 논픽션 『희박한 공기 속으로』를 쓴 존 크라카우어가 2010년부터 2012년까지 몬태나 대학교를 중심으로 불기진 강간사건들 중 세 사건의 처리 과정을 담았다. 강간이라는 범죄가 어떻게 은폐되어왔는지를 대학법원 청문회, 경찰과 검찰 조사, 법원의 배심원 재판을 통해 다룬다. 왜 강간 피해자들의 80퍼센트 이상이 신고하지 않는가. 이 책이 다루는 사건들은 '지인에 의한 강간' 혹은 '데이트 강간'의 사례다. 가해자 중에는 축구팀의 유명 선수들이 있었다.

앨리슨 휴거트는 2010년 9월 초등학교 때부터 친남매처럼 지낸 보 도널드슨의 집에서 파티가 열린 뒤, 소파에서 자고 있다가 도널드슨에게 강간당했다.

케이틀린 켈리는 2011년 9월 같은 학교 신입생이자 그날 처음 만난 캘빈 스미스(가명)와 만취해 섹스를 하기로 하고 기숙사에 들어가지만, 섹스에 대한 거부 의사를 밝힌 뒤 잠들었다. 섹스를 시도한 스미스에게 거부 의사를 밝히고도 강간당했다.

세실리아 워시번(가명)은 2012년 2월 그리즐리 팀 스타 쿼터백 조던 존슨과 방에서 영화를 보며 스킨십을 하던 중, 거부 의사를 밝혔으나 강간당했다.

　　이 상황에 대한 간단한 묘사는 당신에게 어떤 생각을 하게 만드는가? 혹시 피해자가 더 조심했어야 했다고 생각하는지? '꽃뱀'이라는 단어가 한순간이라도 머릿속을 스치지는 않았는가?

　　『미줄라』는 그런 당신을 위해 쓰였다. 강간은 다른 어떤 범죄보다도 피해자를 탓하는 목소리가 큰 범죄다. 다른 범죄는 가해자의 폭력성에 초점을 맞추지만, 강간만은 다르다. 이 책은 주로 가해자가 남성이고 주로 피해자가 여성인 범죄에서, 거부 의사를 밝히고도 강간이라는 폭력적인 성관계가 이루어질 때, 피해자에 대한 가혹한 질책이 어떻게 이루어지는지를 낱낱이 살핀다. 강간의 경우, 피해자를 공격하는 주축을 이루는 쪽에 선 집단에는 가해자는 물론이고, 사건을 수사하는 사법당국이 포함되고, 나아가 언론과 그 사회 구성원들이 있다.

　　『미줄라』를 읽으면서 #metoo 운동을 떠올리지 않을 도리가 없고, 다른 어떤 범죄보다 폭넓게 자행되고 고발되지 않는 강간이 어떻게 다루어지는지 생각하게 된다.

논픽션이 하는 일은 그것이다. 독자는 구경꾼에 머무를 수 없다.

#문화계_내_성폭력 그리고 #metoo 운동은 책 한 권이 되기보다 빠르게 사람들 사이에 퍼져나갔다. 한 시대를 가를 거대한 사건과 그 피해자들의 이야기를 극화하는 것과는 다른 방식으로, 수많은 여성이 입은 피해가 매일같이 언론을 장식하고, SNS 타임라인에 오른다.

현실이 잔인하다고 잔인한 설정을 한껏 이용하는 창작물을 즐기지 말아야 할 이유는 없다. 현실의 문제를 픽션의 연장으로밖에 받아들이지 못한다면, 그것은 문제가 된다. '픽션'과 '픽션 같은'은 전혀 다른 말이다. 픽션을 픽션으로 즐기려면 현실의 문제를 현실에서 해결하려는 책임감이 필요하다.

나는 여전히 스릴러를 좋아한다. 그 사실은 종종 나를 괴롭게 한다. 내가 '파는' 장르의 구성 성분이 무엇인지, 쾌락이 어디에서 발생하는지를 생각하는 일이 그렇다. 스릴러가 현실의 피난처로 근사하게 기능해온 시간에 빚진 만큼, 현실이 스릴러 뒤로 숨지 않게 하리라.

참고 도서

· 누마타 마호카루, 『유리고코로』, 민경욱 옮김, 서울문화사, 2012
· 닉 혼비, 『닉 혼비 런던스타일 책읽기』, 이나경 옮김, 청어람미디어, 2009
· 레이먼드 카버 외, 『작가란 무엇인가』, 김진아·권승혁 옮김, 다른, 2014
· 루스 웨어, 『우먼 인 캐빈 10』, 유혜인 옮김, 예담, 2017
· ———, 『인 어 다크, 다크 우드』, 유혜인 옮김, 예담, 2016
· 마리 유키코, 『갱년기 소녀』, 김은모 옮김, 문학동네, 2017
· 마이클 길모어, 『내 심장을 향해 쏴라』, 이빈 옮김, 박하, 2016
· 무라카미 하루키, 『언더그라운드』 1,2, 양억관, 이영미 옮김, 문학동네, 2010
· 미나토 가나에, 『고백』, 김선영 옮김, 비채, 2009
· 박연선, 『여름, 어디선가 시체가』, 놀, 2016
· 박현주, 『나의 오컬트한 일상』, 엘릭시르, 2017
· 사라 핀보로, 『비하인드 허 아이즈』, 김지원 옮김, 북폴리오, 2017
· 수 클리볼드, 『나는 가해자의 엄마입니다』, 홍한별 옮김, 반비, 2016
· 스콧 터로, 『무죄추정』 1,2, 한정아 옮김, 황금가지, 2007
· 온다 리쿠, 『나와 춤을』, 권영주 옮김, 비채, 2015
· 와케타케 나나미, 『나의 미스터리한 일상』, 권영주 옮김, 북폴리오, 2012
· 제임스 엘로이, 『내 어둠의 근원』, 이원열 옮김, 시작, 2010

· 제임스 패터슨, 『스릴러』 1,2, 이숙자 옮김, 북앳북스, 2007

· 조갑제, 『사형수 오휘웅 이야기』, 조갑제닷컴, 2015

· 존 크라카우어, 『미줄라』, 전미영 옮김, 원더박스, 2017

· 줄리언 시먼스, 『블러디 머더』, 김명남 옮김, 을유문화사, 2012

· 클레어 더글러스, 『소피 콜리어의 실종』, 정세윤 옮김, 구픽, 2017

· 트루먼 카포티, 『인 콜드 블러드』, 박현주 옮김, 시공사, 2013

· 할런 코벤, 『단 한번의 시선』, 최필원 옮김, 비채, 2017

· ──────, 『마지막 기회』 1, 이창식 옮김, 북스캔, 2004

· 히가시노 게이고, 『용의자 X의 헌신』, 양억관 옮김, 재인, 2017

· E. L. 제임스, 『그레이의 50가지 그림자』, 박은서 옮김, 시공사, 2012

· B. A. 패리스, 『비하인드 도어』, 이수영 옮김, 아르테, 2017

나를 만든 세계, 내가 만든 세계
'아무튼'은 나에게 기쁨이자 즐거움이 되는,
생각만 해도 좋은 한 가지를 담은 에세이 시리즈입니다.
위고, 제철소, 코난북스, 세 출판사가 함께 펴냅니다.

아무튼, 스릴러

1판 1쇄 발행 2018년 3월 5일
    6쇄 발행 2022년 9월 20일
지은이 이다혜
펴낸이 이정규
펴낸곳 코난북스
출판등록 제2013-000275호
전화 070-7620-0369
팩스 0505-330-1020

conanpress@gmail.com
conanbooks.com
facebook.com/conanpress

ⓒ이다혜, 2022

ISBN 979-11-88605-05-7 02810

이 도서의 국립중앙도서관 출판예정도서목록(CIP)은
서지정보유통지원시스템 홈페이지(http://seoji.nl.go.kr)와
국가자료공동목록시스템(http://www.nl.go.kr/kolisnet)에서
이용하실 수 있습니다.(CIP제어번호: CIP2018006244)